만약 고교야구 여자 매니저가
피터 드러커를 읽는다면

지은이·이와사키 나쓰미 岩崎夏海
1968년 도쿄 도 히노 시에서 태어나 도쿄예술대학 미술학부 건축과를 졸업했다. 대학 졸업
후 작사가인 아키모토 야스시 씨에게 사사했다. 방송작가로 텔레비전 프로그램 제작에 참여
했으며, 일본 최고의 여성 아이돌 그룹 'AKB48'의 프로듀스 작업에도 관계했다. 이후 게임,
웹 코딩 등의 개발 회사를 거쳐 지금은 작가로 (주)요시다 마사키 사무소에 소속되어 있다.

옮긴이·권일영
서울에서 태어나 동국대학교 경제학과를 졸업했다. 중앙일보사에서 기자로 근무했으며 지금
은 번역자로 일하고 있다. 1987년 아쿠타가와 상 수상작 무라타 기요코의 《남비 속》을 우리말
로 옮기며 번역을 시작, 일본어와 영어로 된 다양한 소설을 번역했다.
옮긴 책으로는 와다 료의 《노보우의 성》, 하쿠타 나오키의 《복스!》, 미야베 미유키의 《낙
원》《용은 잠들다》, 히가시노 게이고의 《편지》《호숫가 살인사건》, 가이도 다케루의 《바티
스타 수술 팀의 영광》, 그리고 에이드리언 코난 도일과 존 딕슨 카의 《셜록 홈즈 미공개 사
건집》 등이 있다.

MOSHI KOKOYAKYU NO JOSHI MANAGER GA
DRUCKER NO "MANAGEMENT" O YONDARA
by NATSUMI IWASAKI

Copyright ⓒ 2009 NATSUMI IWASAKI
Illustrations copyright ⓒ 2009 YUKIUSAGI
Korean translation copyright ⓒ 2011 by The Dong-A Ilbo
All rights reserved.
Original Japanese language edition published by Diamond, Inc.
Korean translation rights arranged with Diamond, Inc.
through YU RI JANG AGENCY.

만약 고교야구 여자 매니저가
피터 드러커를 읽는다면

이와사키 나쓰미 지음·권일영 옮김

동아일보사

차례

프롤로그

    가와시마 미나미(川島みなみ)가 야구부 매니저(일본에서 고교야구부 매니저란 운동 연습과 시합에서 준비 및 진행, 기록을 비롯한 보조적인 역할을 하는 사람-옮긴이)가 된 것은 고등학교 2학년 7월 중순, 여름방학 직전이었다.

    갑작스럽게 결정한 일이었다. 그런 결정을 내리기 며칠 전까지만 해도 미나미는 자신이 야구부 매니저가 될 거라고는 꿈에도 생각지 못했다. 그때까지는 어느 동아리에도 가입하지 않은 평범한 여고생에 지나지 않았다. 고교야구부와는 아무런 인연도 없었다.

    그런데 뜻하지 않은 사정 때문에 2학년 여름방학 직전이라는 어중간한 시기에 야구부 매니저로 들어간 것이다.

    매니저가 된 미나미는 한 가지 목표를 세웠다. 그건 '야구부를 고시엔 대회(甲子園大會·고시엔 구장에서 매년 봄과 여름에 열리는 전국고교야구대회. 여름 고시엔 대회는 예선을 거쳐 올라온 전국 49개 고교가 토너먼트로 대회를 치른다−옮긴이)에 진출시키는 것'이었다.

그건 꿈처럼 어렴풋한 것도 아니었고, 막연한 희망도 아니었다. 명확한 목표였다. 사명이었다. 미나미는 야구부를 고시엔 대회에 '진출시키고 싶다'고 생각한 게 아니다. '진출시키겠다'고 결심한 것이다.

하지만 그런 결심을 한 것까지는 좋았는데, 그다음에 무엇을 어떻게 해야 목표를 이룰 수 있는지에 대한 구체적인 아이디어는 없었다. 이미 이야기했듯이 여태 고교야구부와는 아무런 관계도 없이 살아왔기 때문에 매니저가 무슨 일을 해야 하는지조차 모르는 상태였다.

그런데도 미나미는 전혀 걱정하지 않았다. 어떻게든 될 거다, 단순히 그렇게만 생각하고 있었다. 미나미는 원래 그런 성격이었다. 늘 생각보다 행동이 앞섰다.

야구부 매니저가 된 것도 마찬가지다. '어떻게 해야 야구부를 고시엔 대회에 진출시킬 수 있을까'를 생각하기 이전에, '야구부를 고시엔 구장에 데리고 가겠다'는 결정부터 해버린 것이다. 그렇게 마음먹은 다음에는 더 고민하지 않고 바로 행동에 옮긴 것이다.

1장

미나미,
드러커의 《매니지먼트》를 만나다

1

미나미가 다니는 학교는 '도쿄 도립 호도쿠보 고등학교(東京都立程久保高校)'라는 평범한 공립학교다.

호도쿠보 고등학교, 흔히 '호도고'라고 불리는 이 학교는 도쿄 서쪽의 간토 평야가 끝나고 다마 구릉지가 시작되는, 크고 작은 언덕이 이어지는 곳에 있다.

학교 건물은 그런 언덕 가운데 하나, 전망 좋은 고지대에 서 있다. 교실 창밖으로는 오쿠타마 지역의 산들이 보이고 날씨가 맑으면 멀리 후지 산까지 보인다.

이 일대는 쇼와 시대(1926~88년) 중반에 숲을 베어내고 만든 베드타운이다. 아직도 잡목림이 많이 남아 있어, 도쿄라고는 생각하기 힘들 정도로 자연의 모습을 많이 간직하고 있다.

호도고는 대학 진학을 중시하는 학교였다. 편차치가 60(전체 학교 중 상위 16%에 해당됨—옮긴이)을 넘고, 대학 진학률은 100% 에 가까우며, 매년 여러 명의 학생이 도쿄 대학에 합격했다. 그에 비해 스포츠는 젬병이었다. 부 활동 자체는 활발하지만 전국 대회에 나갈 정도의 실력을 갖춘 운동부는 전혀 없었다.

야구부도 예외는 아니었다. 결코 약한 팀은 아니지만 고시엔 대회 진출을 노릴 만한 수준은 아니었다. 여태까지 거둔 최고 성적은 20년 전에 딱 한 번 5회전, 16강에 진출한 기록뿐이고, 잘해야 늘 3회전에서 떨어졌다.

그런 사실은 미나미도 알고 있었다. 그래서 애당초 지금의 야구부에는 큰 기대를 하지 않았다. 그런데 막상 야구부에 가입하고 나서는 깜짝 놀랐다. 생각보다 너무 엉망이었기 때문이다. 이런 상태라면 고시엔은커녕 1회전에서 바로 탈락할 수도 있겠다는 생각이 들었다.

미나미가 매니저가 된 시기는 여름에 열렸던 도쿄 도 예선에서 떨어지고 3학년 선수들이 은퇴한 직후였다. 그런 사정으로 대부분의 부원들이 연습에 참가하지 않고 있었다. 특별히 정해진 휴식 기간도 아니었다. 연습은 계속 진행되고 있었다. 그런데도 많은 부원들이 아무런 이유도 없이, 아무런 보고도 하지 않고 연습을 빼먹는 상태였다.

이 무렵 야구부는 그런 분위기였다. 연습에 나오건, 나오지 않건 완전 자유. 말이 좋아 자유지, 그냥 규율이 없는 상태였다. 아무리 연습에 나오지 않더라도, 아무리 대충하더라도 뭐라고 하는 사람이 없었던 것이다.

미나미가 처음으로 연습에 참가한 날, 출석한 부원은 겨우 5명이었다. 총 인원이 23명이니 4분의 3이나 결석한 셈이다. 게다가 그런 상태가 약 일주일간 계속되었다. 그리고 순식간에 여름방학이 코앞에 다가왔다.

미나미는 초조해졌다. 아무것도 하지 않고 이대로 여름방학을 맞이하고 싶지는 않았다. 최소한 자신의 생각만큼은 누군가에게 털어놓고 싶었다. 그리고 자신의 생각에 찬성하거나 힘을 보태줄 동료를 모으고 싶었다.

그래서 미나미는 연습에 참석한 몇 안 되는 부원과 감독에게 말했다.

"저는 우리 야구부를 고시엔 대회에 진출시키겠습니다."

그러자 여러 가지 반응이 나왔다. 진지하게 들어준 사람도 있었고, 가볍게 웃어 넘긴 사람도 있었다. 개중에는 도무지 무슨 뜻인지 알 수 없다는 반응도 있었다. 하지만 그런 모든 반응들이 지닌 공통점은 부정적이라는 점이었다.

감독인 가치 마코토(加地誠)는 이렇게 말했다.

"그건 아무래도 무리 아니겠어? 고시엔 대회가 생긴 지이미 90년 이상 됐지만 도쿄 서부 지역에서 우리 같은 도립고교가 출전한 적은 딱 한 번뿐이야. 도립 구니타치 고교가 유일해. 안 그래도 도쿄 서부 지역은 야구 명문인 사립고가 즐비한 격전지라서 오비린 고교, 니혼 대학 제3고교, 와세다 실업 고교처럼 우승까지 경험한 학교가 세 곳이나 있지. 네 목표는 현실적이지 못해."

주장인 호시데 준(星出純)은 이렇게 대꾸했다.

"솔직하게 말하면 그건 힘들어. 우리 부원들은 고시엔대회에 나가기 위해 야구를 하는 게 아니니까. 몸을 단련시키고 친구를 사귀면서 고교 시절의 추억을 만들기 위해야구를 하는 거야……. 또 다른 이유라면 어렸을 때부터의 타성이라고나 해야 할까, 달리 할 게 없기 때문에 하는녀석도 있어. 그런 애들에게 '고시엔 대회를 목표로 하라'고 해봐야 누가 따라오겠냐?"

야수의 중심인 포수 가시와기 지로(柏木次郎) 역시마찬가지였다.

"그건 아무래도 어려운 일인 것 같아. 네 마음은 이해가가지만, 섣불리 고시엔 대회를 목표로 삼았다가 출전하지못하면 그때 느끼게 될 실망감이 오히려 더 크지 않겠어?차라리 그런 무리한 목표를 세우지 말고, 처음부터 3회전

돌파 정도로 낮춰 잡는 게 무난하지."

그러더니 지로는 불쑥 목소리를 낮추고 이렇게 물었다.

"그런데 너, 정말이냐? 진심으로 야구부 매니저를 할 생각이야? 전에는 안 그랬잖아? ……너, 전에는 야구를 그렇게 싫어해놓고…….."

하지만 미나미는 지로의 말이 끝나기도 전에 흘끗 째려본 뒤 이렇게 말했다.

"쓸데없는 소리 하면 가만 두지 않을 테야."

"알았어…….."

지로가 목을 움츠리며 대답했다.

마지막으로 함께 매니저를 맡고 있는 1학년 여학생 호조 아야노(北条文乃)는 이렇게 말했다.

"예? 아, 예. 고시엔 대회 말인가요? 아, 예. 글쎄요……. 아뇨, 뭐 별로……. 아, 예…….."

'예? 아, 예'는 아야노의 말버릇인 듯했다. 그 말을 빼면 아무런 내용이 없었다.

결국 미나미의 생각에 찬성하거나 협력하겠다는 사람은 단 한 명도 없었다.

그래도 미나미는 포기하지 않았다. 오히려 더 의욕을 다졌다. 미나미는 '재미있겠다'고 생각했다. 아무도 상대해주지 않으니 오히려 더 보람 있을 거라고 자신했다.

미나미는 원래 그런 성격이었다. 어려운 일을 당할수록 투지가 솟았다. 하지만 미나미 편을 들어주는 사람이 아무도 없던 것은 아니었다. 그때 미나미에게는 이미 듬직한 아군이 있었다.

2

야구부 매니저가 된 뒤, 미나미가 제일 먼저 한 일은 '매니저'라는 말의 뜻을 알아보는 것이었다. 그동안 '매니저'라는 말이 어떤 의미를 지니고 있는지도 몰랐던 것이다.

그래서 집에 있는 사전을 뒤져보았다. 사전에는 이렇게 적혀 있었다.

• 매니저[manager] 지배인, 경영자, 관리인, 감독.

또 바로 아래에는 이런 단어도 실려 있었다.

• 매니지먼트[management] 관리, 처리, 경영.

이걸 읽고 미나미는 '매니저'란 '관리나 경영하는 사람,

즉 매니지먼트를 하는 사람'이라고 이해했다. 이어서 미나미는 가까운 대형 서점으로 갔다. 매니저 혹은 매니지먼트에 관해 좀 더 구체적으로 설명한 책을 찾기 위해서였다.

미나미는 서점 점원에게 물었다.

"혹시 '매니저'나 '매니지먼트'에 관한 책 있나요?"

그러자 젊은 여자 점원은 매장 안쪽으로 들어가더니 바로 책 한 권을 손에 들고 돌아왔다. 그 책을 내밀며 점원이 이렇게 말했다.

"말씀하신 '매니저' 또는 '매니지먼트'에 관해 쓴 책 가운데 가장 유명한 거예요. 세상에서 가장 많이 읽힌 책이죠. 30년 전에 나온 책인데도 아직까지 계속 팔리는 롱셀러예요. 그리고 이 책은 그 요점만 뽑아 만든 '에센셜판'입니다. '완전판'도 있긴 하지만 처음 읽는 분들에게는 이 책을 권합니다."

미나미는 그 책을 받아들었다. 제목은 그냥 《매니지먼트》였다. 지은이는 피터 F. 드러커, 옮긴이는 우에다 아쓰오(上田惇生), 출판사는 다이아몬드사였다.

미나미는 내용도 살피지 않고 그 책을 샀다. 책값 2,100엔이 좀 비싸기는 했지만 세상에서 가장 유명한 책이라는 점이 마음에 들었다. 게다가 이리저리 궁리해봤자 별 소용이 없겠다는 생각도 들었다.

애당초 '매니저'가 무슨 뜻인지도 몰랐던 처지라, 어떤

책이 좋고 나쁜지 분간할 수도 없다. 이럴 때는 복잡하게 생각할 필요 없이 사서 읽어보는 게 제일이다.

미나미는 집에 돌아오자마자 책을 읽기 시작했다. 하지만 바로 후회했다. 책 안에는 야구에 관한 이야기가 전혀 나오지 않았기 때문이다. 야구와 아무런 관계도 없는 '기업 경영'에 관해 쓴 책이었다.

미나미는 스스로에게 짜증이 났다.

적어도 야구에 관한 내용인지, 아닌지는 확인했어야 하는데. 나도 성미가 참 급해. 다음부터는 적어도 대략적인 내용은 확인하기로 하자.

그러면서도 마음을 새롭게 고쳐먹고 계속 책을 읽었다.

어차피 2,100엔이나 주고 샀으니 읽을 수 있는 만큼은 읽어보자. 야구와 아무런 관계가 없어도 '세상에서 가장 많이 읽힌 책'이라는 점은 변함이 없으니 뭔가 참고가 되겠지.

미나미는 이런 식으로 반성한 뒤에는 곧바로 기분을 전환하곤 했다. 덕분에 침울해지는 일이 적은 대신 급한 성격은 고쳐지지 않았다.

그런데 책을 계속 읽다 보니 의외로 재미있었다. 뿐만 아니라 내용이 '기업 경영'만이 전부는 아니라는 사실도 깨닫게 되었다. 책은 기업을 포함한 '조직'의 경영 전반을 다루고 있었다.

그런 내용들을 야구에 적용하지 못할 것도 없었다. 야구부 또한 넓은 의미에서 보면 조직이다. 그러니 조직 경영을 배우는 일은 야구부 경영을 배우는 일이나 마찬가지라고 생각했다.

그제야 미나미는 마음이 놓였다.

내가 산 책이 전혀 쓸모없지는 않구나.

그런데 그런 점을 제외하고서도 책은 재미있었다. 미나미는 책의 내용을 완전히 이해할 수는 없었지만 뭔가 무척 중요한 것들이 적혀 있다는 사실만은 알 수 있었다. 표현 하나하나가 무척 무게 있고, 또 귀중한 것으로 느껴졌다.

그 책에 반한 미나미는 정신없이 읽어 나갔다. 3분의 1쯤 읽었을 때였다. 미나미는 느닷없이 돌 하나가 툭하고 심장을 때리는 듯한 느낌을 받았다.

그건 다음과 같은 부분을 읽었을 때였다.

매니저의 자질(129쪽)

이 작은 제목을 읽고 가슴이 철렁했다. '제5장 매니저' 안에 있는 제목들 가운데 하나였다. 제목을 보고 미나미는 이런 생각을 했다.

분명히 여기에는 매니저가 되기 위해 필요한 자질에 대

해 적혀 있을 거야.

그리고 이런 걱정이 들기도 했다.

만약 내가 매니저로서 자질이 없다면 어떡하지?

제발 그러지 않기를 바랐다. 자질이 없다면 매니저로서
실격 낙인이 찍히는 셈이다. 그리고 야구부를 고시엔 대
회에 출전시키겠다는 결심도 '터무니없는 목표'라는 선고
를 받는 거나 마찬가지라는 생각이 들었다.

아마 다른 누군가로부터 그런 소리를 듣는다면 거의
신경 쓰지 않았을 것이다. 실제로 야구부 부원들에게
는 자신의 목표를 부정당했지만 전혀 걱정하지 않았다.

하지만 이 책으로부터 그런 소리를 듣고 싶지는 않았다. 그
건 이 책이 세상에서 가장 많이 읽힌 책이기 때문만은 아니었
다. 미나미 스스로가 이 책에 매력을 느꼈기 때문이기도 했다.

미나미는 두근거리는 가슴을 달래며 그다음 부분을 읽
었다. 거기에는 이렇게 적혀 있었다.

사람을 관리하는 능력과 함께 의장 역할이나 면접 능력은 배
울 수 있다. 관리 시스템, 승진과 포상 제도를 통해 인재 개발에
효과적인 방법을 강구할 수도 있다. 하지만 그것만으로는 충분
하지 않다. 근본적인 자질이 필요하다. 진지함이다.

(130쪽, 제5장 매니저 – 22. 매니저가 하는 일)

미나미는 온몸에 전기가 통하는 것 같은 충격을 느꼈다. 자신도 모르게 보던 책에서 눈을 떼고 잠시 멍하니 있었다. 하지만 이내 마음을 가다듬고 그다음 부분을 읽어 나갔다. 거기에는 이렇게 쓰여 있었다.

요즘은 매니저의 자질로 붙임성이 있을 것, 남을 잘 도와줄 것, 인간관계가 좋을 것 등을 중시한다. 하지만 그런 정도로는 충분하지 않다.

잘나가는 조직에는 손을 잡고 도와주지도 않고, 인간관계도 좋지 않은 보스가 한 명 정도는 있게 마련이다. 이런 종류의 보스는 가까이하기 힘들고 깐깐하며 고집스럽긴 하지만 종종 다른 누구보다 더 많은 인재를 키워낸다. 부하들에게 인기 있는 사람보다 더 존경을 받는 경우도 있다. 늘 최고의 실적을 요구하고, 자신도 최고의 실적을 올린다. 기준을 높게 잡고 그걸 이루기를 기대한다. 무엇이 옳은가만 생각하지 누가 옳은가는 생각하지 않는다. 지적인 능력보다는 진지함을 더 높게 평가한다.

이런 자질이 없는 이는 아무리 붙임성 있고, 남을 잘 도와주고, 인간관계가 좋고, 유능하고, 총명하더라고 위험하다. 그런 사람은 매니저뿐만 아니라 신사로서도 실격이다.

매니저가 하는 일은 체계적인 분석의 대상이 된다. 매니저의 업무 능력(예를 들면 서류 작성, 프레젠테이션 등)은 누가 가르쳐주지 않더라도 익힐 수 있다. 하지만 배울 수 없는 자질, 후천적으로 얻을 수 없는 자질, 처음부터 몸에 배어 있어야만 할 자질이 딱 하나 있다. 그것은 재능이 아니다. 진지함이다.

(130쪽, 제5장 매니저 - 22. 매니저가 하는 일)

미나미는 이 부분을 반복해서 읽었다. 특히 마지막 부분은 여러 차례 읽었다.

재능이 아니다. 진지함이다.

미나미는 중얼거렸다.

"……진지함이라, 그게 뭘까?"

그 순간이었다. 갑자기 눈물이 흘러나왔다.

미나미는 깜짝 놀랐다. 자신이 왜 우는지 스스로도 알 수 없었기 때문이다. 하지만 눈물이 그치지 않고 계속 흘러나왔다. 눈물뿐 아니라 목에서 오열이 치밀어 올랐다.

더 이상 책을 읽을 수 없었다. 책장을 덮고 책상 위에 엎드려 한동안 눈물을 흘렸다.

책을 읽기 시작한 지 시간이 제법 흘렀기 때문에 이미 해도 기울었다. 어둑해진 방에서 미나미는 혼자 하염없이 울고 있었다.

3

　방학이 시작되는 날, 학교를 나선 미나미는 바로 집으로 가지 않고 버스를 타고 시내에 있는 종합병원으로 갔다. 그곳에 입원한 친구의 병문안을 하기 위해서였다.

　친구 이름은 미야타 유키(宮田夕紀). 호도고에 같이 다니는 동급생이자 소꿉친구이기도 했다.

　병실로 찾아가니 유키의 어머니인 미야타 야스요(宮田靖代)가 맞아주었다.

　"어머, 미나미로구나. 어서 와라."

　"아주머니, 안녕하세요?"

　하지만 유키의 모습은 보이지 않았다.

　"어라, 유키는 어디 갔나요?"

　미나미는 유키의 어머니와도 어려서부터 낯을 익혔다. 그래서 지금도 자신의 어머니처럼 허물없이 대한다.

　"아, 잠깐 산책하러 나갔어."

　미나미는 살짝 놀랐다.

　"산책이라뇨? 해도 괜찮아요?"

　"조금은. 이제 금방 돌아올 거야. 아, 마침 저기 오는구나."

　미나미가 고개를 돌리니 병실 입구 쪽에 운동복을 입은 유키가 서 있었다.

"어머, 미나미. 어서 와. 언제 왔니?"

"방금. 그보다 몸은 괜찮아? 산책 같은 거 해도 돼? 덥지 않았어?"

"응, 난 괜찮아. 봐, 이거……."

유키는 자기 머리를 가리켰다. 새로 산 밀짚모자가 보였다.

"와~, 예쁘다."

"그치? 이걸 쓰고 싶어서 잠깐 밖에 나갔던 거야."

미나미는 고개를 끄덕였다. 유키의 심정이 이해가 갔다.

"그래, 그래. 가끔은 멋도 부리고 외출도 해야지."

"멋부려봤자 운동복 차림이지만."

유키는 그렇게 대꾸하며 장난기 어린 미소를 지었다.

유키의 어머니가 유키에게 말했다.

"아, 그럼 난 물건 좀 사러 갔다 오마."

그러더니 미나미를 바라보며 말했다.

"미나미, 우리 유키 잘 부탁한다."

"예, 다녀오세요."

유키 어머니가 나가자 미나미는 익숙한 동작으로 냉장고 문을 열고 보리차를 꺼내 컵에 따른 다음 병상 앞에 있는 접이식 의자에 걸터앉았다. 병상으로 돌아온 유키가 미나미를 바라보며 입을 열었다.

"그래, 어때? 야구부 쪽은?"

"응, 뭐 이제 겨우 시작이지만 그게 쉽지 않네……."

"연습하러 나오는 부원이 몇 명 안 돼서?"

"맞아. 계속 그런 상태야. 늘 네댓 명만 연습하는 것 같아."

"지금쯤이면 늘 그렇지, 뭐. 작년에도 그런 식이었으니까."

"그래?"

유키도 사실은 야구부 매니저였다. 게다가 유키는 미나미와 달리 1학년 때부터 활동해온 베테랑이었다.

하지만 여름에 열렸던 도쿄 도 예선에서 진 뒤 갑자기 건강이 나빠져서 입원하게 된 것이다. 게다가 병세가 가볍지 않아 장기간 입원해야 하고, 경우에 따라서는 수술해야 할지도 모르는 상태였다.

유키는 물론 미나미도 큰 충격을 받았다. 미나미에게 유키는 소꿉친구 이상의 친구였기 때문이다.

두 사람이 이렇게 병원에서 만나는 일은 익숙했다. 왜냐하면 유키가 어려서부터 몸이 약해 초등학교에 다닐 때도 그야말로 해마다 입원과 퇴원을 반복했기 때문이다. 유키는 늘 이 시립병원에 입원했다. 그런 까닭에 이곳은 두 사람에게 아주 낯익은 장소였다.

하지만 미나미가 이곳을 찾기는 오랜만이었다. 유키는 중학교에 올라가면서부터 비교적 건강해져 병이야 있었지만 입원하는 일은 한 번도 없었다.

그러던 유키가 다시 입원하자 두 사람은 충격을 받았다.
그래도 유키는 그런 실망감을 내색하지 않고 비교적 담담
하고 밝게 입원 생활을 하고 있었다.

미나미는 가방에서 책을 꺼내 펼치면서 유키에게 말했다.

"사실은 오늘 묻고 싶은 게 있어서 왔어."

"뭐니, 그 책은?"

"내 말부터 들어봐. 질문에 대답하면 가르쳐줄게."

"그래, 알았어."

"자, 그럼 질문. 야구부라는 게 대체 뭐야?"

"뭐?"

"야구부라는 게 뭐지? 야구부의 사업이란 뭐지? 무얼
해야 하는 거지?"

"자, 잠깐만. 뜬금없이 무슨 소리니?"

유키는 의아한 표정을 지었다.

"미나미, 설명 좀 해줘. 무슨 말인지 도무지 모르겠어."

"아, 그게 말이야……."

미나미는 책 표지를 보여주면서 말했다.

"사실은 이런 책을 샀거든……."

"《매니지먼트》?"

"그래. 매니저를 하는 데 뭔가 참고가 될 만한 책이 없
을까 싶어 산 거야."

"호오. 어때, 그 책? 참고가 되니?"

"음……, 아직 잘 모르겠어. 하지만 여기에 쓰여 있는데, 매니지먼트를 하기 위해서는 우선 '조직에 대한 정의'부터 시작해야 한대."

"조직에 대한 정의?"

"그래. 《매니지먼트》에는 이렇게 적혀 있어."

모든 조직에서 공통된 관점, 이해, 방향 설정, 노력을 실현시키기 위해서는 '우리 사업은 무엇인가? 무엇을 해야 하나?'를 반드시 정의해야만 한다.

(22쪽, 제1장 기업의 성과 – 3. 사업은 무엇인가)

"그러니까 야구부를 매니지먼트하기 위해서는 먼저 야구부가 어떤 조직이고, 무엇을 해야 하는가를 정해야만 하는 거야."

"호오, 흐음……. 그렇군. 그래서 야구부라는 게 대체 뭐냐고 물은 거구나?"

"응, 그래. 그걸 알기 전에는 앞으로 나아갈 수 없는데, 난 전혀 모르겠어서……."

"야구부는 야구를 하기 위한 조직 아니니?"

유키가 별것 다 묻는다는 듯한 말투로 대꾸했다. 하지만 미나미는 서운한 표정을 지으며 이렇게 말했다.

"그게 아닌 모양이야. 《매니지먼트》에는 이렇게 나와 있어."

자기가 하는 사업이 무엇인지를 아는 건 간단하고 빤하다고 생각할지도 모른다. 철강회사는 쇠를 만들고, 철도회사는 화물과 승객을 실어 나르며, 보험회사는 화재의 위험 부담을 떠맡고, 은행은 돈을 빌려준다. 하지만 실제로는 '우리 사업은 무엇인가?'라는 물음엔 대부분의 경우 대답하기 힘들다. 빤한 답이 옳은 경우는 거의 없다.

(23쪽, 제1장 기업의 성과 - 3. 사업은 무엇인가)

"결국 '야구를 하는 것'이라는 대답은 여기서 이야기하는 '빤한 대답'이지. 그래서 그건 아마 틀린 답일 거라고 생각해."

"아, 그렇구나. 으음……, 대답하기 쉽지 않네."

"그렇지. 그래서 나도 여기서 딱 막힌 거야. 야구부란 대체 무얼까, 하는 의문에서 말이야. 너는 대답해줄 수 있을지도 모른다고 생각해서 오늘 물어보러 온 건데……."

그 뒤로도 두 사람은 이리저리 궁리를 해보았다. 서로 생각하는 바를 이야기하고 의견을 나누었다. 하지만 아무리 머리를 짜내도 납득할 만한 답은 찾아내지 못했다.

그래서 미나미는 기분 전환을 하려고 다른 질문을 꺼냈다.

"그런데 말이야, 유키. 너는 왜 매니저가 되었던 거니?"

4

미나미는 소꿉친구인 유키가 야구를 좋아한다는 사실을 고등학교에 들어갈 때까지 몰랐다. 고등학교에 입학하자마자 유키가 갑자기 "야구부에 들어가고 싶다"는 소리를 해, 그제야 알게 되었던 것이다.

하지만 그때는 매니저가 되려고 한 이유를 묻지 않았다. 그 뒤로도 두 사람 사이에 이런 이야기가 나온 적은 없었다. 그래서 미나미는 이때까지도 유키가 왜 매니저가 되려고 하는지 알지 못했다.

그런데 그 질문을 받은 유키는 무슨 영문인지 안색이 창백해졌다. 무릎을 덮고 있던 담요 끝자락을 꼭 쥐더니 미나미에게 등을 보이며 침대 옆 벽을 뚫어지게 바라보았다.

미나미도 유키의 태도가 이상하다는 사실을 깨달았다.

"유키, 왜 그래?"

하지만 유키는 들은 척도 하지 않고 아무런 대답도 하지 않았다. 한동안 그러고 있더니 이윽고 천천히 고개를 돌려 미나미를 바라보며 입을 열었다.

"……사실은, 네게 묻고 싶은 이야기가 있어."

"엥?"

유키는 미나미를 똑바로 바라보며 또박또박 이야기했다.

"사실 이건 더 일찍 물어보았어야 할 이야기였는데, 내가 용기가 없어서 내내 묻지 못했어. 하지만 이제 결심했어. 난 네게 그 이야기를 할 거야. 들어줄래?"

"응? 아, 그래. 물론. 하지만 하기 싫다면 억지로 하지 않아도……."

"아니야."

유키는 바로 고개를 저었다.

"난 정말로 이야기하고 싶었어. 하지만 이 이야기를 꺼내면 네가 싫어할지도 모른다는 생각이 들어서……. 네 마음에 상처를 입히는 게 아닌가 싶어서. 그래서 지금까지 내내 꺼내지 못했던 거야."

"그래? 뭔데? 에이, 겁주지 말고."

미나미는 될 수 있으면 밝게 농담하는 투로 말했다. 하지만 유키는 심각한 표정을 풀지 않았다. 분위기가 오히려 더 무거워졌다.

유키가 시선을 돌려 잠시 허공을 물끄러미 바라보았다. 그리고 이내 뭔가 결심한 듯이 다시 미나미를 바라보며 천천히 입을 열었다.

"너, 기억하니? 초등학교 때 시 대회 결승전에서 네가 굿바이 안타를 친 일."

"아……."

미나미는 그제야 비로소 눈치 챘다. 유키가 무슨 이야기를 하려는지 깨달은 것이다. 동시에 괴로운 마음이 들었다. 그건 복잡한 감정이었다. 유키가 이야기하려는 일에 얽힌 쓰라린 추억, 그리고 유키가 마음을 쓰게 만들었다는 사실에 대한 미안함.

나는 대체 얼마나 둔감한 아이인가.

미나미는 스스로에게 화가 났다. 유키의 마음을 여태 깨닫지 못하고 있었다니.

하지만 이번에도 미나미는 밝게 대답하려고 했다. 하지만 마음과는 달리 말투가 어색해지고 말았다.

"아……, 으응. 기억해……."

유키가 말을 이었다.

"난 말이야, 그 시합을 지로와 함께 지켜보고 있었어. 넌 그 타석에서 첫 번째 공을 쳤지만 헛스윙이었잖아? 그것도 방망이와 공이 이만큼 차이가 나고 타이밍도 전혀 맞지 않았지."

"……응."

"난 말이야, 그걸 보고 무척 걱정했어. 전혀 쳐낼 수 없을 것 같았으니까. 야구를 해본 적이 없는 나도 그런 정도는 알 수 있겠더라고. 네가 전혀 타이밍을 맞추지 못하고 있다고. 게다가 옆에 있던 지로가 이렇게 말했어. '아아, 저렇게 크게 휘두르면 칠 수 없어. 노리는 공을 더 좁혀야 해'라고. 그 말을 듣고 난 더 걱정이 되었지."

"걔가 그런 소리를 했었구나."

미나미는 쌉쓸한 미소를 지었다.

"사실 그건 연기였어. 상대를 방심하게 만들기 위해 일부러 헛스윙을 한 거야."

"알아."

유키가 진지한 표정으로 고개를 끄덕였다.

"나중에 너한테 들었으니까."

"그뿐이야?"

"응. 하지만 그 이야기를 듣기 전까지 당연히 난 그게 연기인 줄 전혀 몰랐어. 그래서 정말 너무 걱정이 되어 안절부절못하면서 그 타석을 지켜보고 있었던 거야. 그런데 넌 그 두 번째 공을, 두 번째 공을……. 아아, 미나미. 난 그때 일만 떠올리면 눈물이 절로 쏟아져."

미나미는 깜짝 놀라 유키의 얼굴을 보았다. 정말로 유키의 눈에는 눈물이 그렁그렁했다.

"난 그때 정말 감동했어!"

유키는 울먹이는 목소리로 쥐어짜듯 말했다.

"그 타구가 우중간을 뚫고 빠져나갈 때 나는 태어나서 한 번도 느껴본 적이 없는 감동과 흥분을 맛보았지. 정말 기뻤어! 그때 일은 아마 평생 잊지 못할 거야."

미나미는 아무 말도 할 수 없었다. 그저 눈물 흘리는 유키를 지켜보고만 있을 뿐.

"그게 내가 야구부 매니저가 되겠다고 생각한 계기야. 그때 일을 내내 잊을 수가 없어서, 그때의 감동을 다시 맛보고 싶어서. 그래서 야구부에 들어갔어. 그래서 매니저가 된 거지. 매니저가 되면 다시 한 번 그때의 감동을 맛볼 수 있을지도 모르겠다고 생각했어. 그래서……, 난 야구부에……, 미안해, 미나미!"

유키가 갑자기 외치듯 말했다.

"난 만약 내가 그 이야기를 꺼내면 네가 상처 받지 않을까 걱정했어! 그래서 그 이야기를 할 수 없었던 거야!"

"바보. 내가 왜 그런 일로 상처를 받는단 말이니."

미나미는 다시 쓴웃음을 지으며 말했다.

"나는 이 이야기를 하고 싶었어."

유키가 여전히 애원하는 눈빛으로 말을 이었다.

"난 네가 알아주기를 바랐지. 내가 그때 네 모습에 진짜 감동했다는 사실을. 내내 그 이야기를 하고 싶었어. 그때 이후로 내내. 하지만 난 말할 수 없었어. 용기가 나지 않았던 거야. 미안해, 미안해⋯⋯."

　그러더니 유키는 '엉엉' 울면서 말을 잇지 못했다. 미나미는 얼른 유키의 등을 쓰다듬었다. 유키가 진정이 될 때까지 계속 등을 쓰다듬었다.

2장

미나미,
야구부 매니지먼트에 첫발을 내딛다

1

유키와 이야기를 해보았지만 야구부를 무엇이라고 정의
해야 할지는 여전히 알 수 없었다. 그래서 미나미는《매니
지먼트》를 처음부터 다시 꼼꼼하게 읽었다. 책에 적혀 있
는 내용의 의미를 확실하게 파악하려고 애썼다.

그러다가 이런 부분을 발견했다.

기업의 목적과 사명을 정의할 때, 출발점은 단 하나뿐이다.
바로 고객이다. 사업은 고객에 의해 정의된다. 사업은 회사명이
나 정관, 설립 취지서에 의해서가 아니라, 그 회사의 상품이나
서비스를 구입하여 만족을 얻고자 하는 고객의 욕구에 의해 정

의된다. 고객을 만족시키는 일이야말로 기업의 사명이고 목적이다. 따라서 '우리의 사업은 무엇인가?'라는 물음은 기업 외부, 즉 고객과 시장의 관점에서 보아야 비로소 답을 찾을 수 있다.

(23쪽, 제1장 기업의 성과 – 3. 사업은 무엇인가)

미나미는 늘 이 부분이 걸렸다. 정확하게 무슨 의미인지 알 수 없었다. '고객'이라는 단어 때문이었다. 이 '고객'이란 말이 무엇을 가리키는지 몰랐다.

물론 단어의 뜻은 안다. 간단하게 이야기하자면 '손님'이란 뜻이다. 하지만 그게 야구부에는 어떻게 적용되는지 알 수 없었다. 야구부에서 '손님'이라고 하면 누굴 가리키는 걸까?

《매니지먼트》에는 이어서 다음과 같이 쓰여 있었다.

따라서 '고객은 누구인가?'라는 물음이야말로 기업의 사업을 정의하는 데 매우 중요한 질문이다.

(23~24쪽, 제1장 기업의 성과 – 3. 사업은 무엇인가)

'고객'이란 대체 '누구'를 말하는 걸까?

미나미는 생각에 잠겼다.

고교야구부는 원래 영리단체가 아니다. 거래 상대나 고객이 있을 리 없다. 물론 시합을 하면 관중들이 보러 오기는 하지만 그 사람들로부터 직접 입장료를 받는 것은 아니다. 고등학교 야구 선수는 돈을 받을 수 없다.

그렇다면 야구부에 있어 고객이란 어떤 사람들일까? 그래도 야구장에 구경하러 오는 관중들이 고객인가?

하지만 아무래도 그건 정답이 아닐 것 같다는 생각이 들었다. 야구부의 정의가 '야구하는 것'이 아니듯, 야구부의 고객이 '시합을 보러 온 관중'이라는 것도 역시 옳지 않은 답일 것 같았다.

《매니지먼트》에는 '고객은 누구인가?'라는 물음에 대해 이렇게 이야기하고 있다.

쉬운 질문이 아니다. 답이 빤한 질문도 아니다. 그런데도 이 질문에 대한 답에 따라 기업이 스스로를 어떻게 정의하느냐가 결정된다.

(24쪽, 제1장 기업의 성과 – 3. 사업은 무엇인가)

드러커의 말처럼 그게 쉬운 질문이 아니라는 사실은 잘 알고 있었다. 하지만 그 답을 모르는 상태에서는 앞으로 나아갈 수 없었다. 그래서 미나미의 매니지먼트는 제대로 시작도 해보기 전에 큰 벽에 부딪히고 말았다.

여름방학이 시작되자마자 야구부 합숙 훈련이 실시되었

다. 합숙이라고는 하지만 원정을 가거나 하는 것은 아니다. 학교에서 먹고 자며 운동장에서 연습하는 것이 전부다. 합숙은 4박 5일 일정.

합숙 훈련에는 입원 중인 유키를 제외한 모든 부원이 참가했다. 덕분에 미나미도 처음으로 부원 모두의 얼굴을 한꺼번에 볼 수 있었다.

합숙 첫날, 미나미는 부원들에게 다시 자기소개를 했다. 하지만 이때는 '야구부를 고시엔 대회에 진출시키겠다'는 목표를 일부러 입 밖에 내지 않았다. 이야기해봤자 어차피 찬성해 줄 사람도 없겠지만 그 전에 야구부에 관해 좀 더 알고 싶었기 때문이다. 그래서 이번 합숙 기간에는 야구부를 관찰하기로 했다. 우선 야구부를 지켜보며 이해하고 싶었다. 자기 목표는 나중에 밝혀도 늦지 않을 거라고 생각했다.

미나미는 합숙 첫날부터 야구부를 자세하게 관찰했다. 그러고는 바로 한 가지 사실을 발견했다. 한 부원이 유난히 눈에 띄었는데, 그 부원이 자아내는 분위기가 야구부 전체에 영향을 미치고 있는 것이었다.

그 부원은 아사노 게이치로(淺野慶一郎)라는 2학년 학생이었다. 포지션은 투수. 그것도 1학년 때부터 등번호 1번을 달고 있는 확고부동한 에이스였다.

그런데 게이치로는 연습에 도무지 성의를 보이지 않았

다. 그라운드에 나가서는 친한 친구와 잡담을 했고, 벤치에 있을 때는 드러누워 음악을 듣고 있었다. 그것도 아니면 어디론가 훌쩍 사라지기도 했다. 가끔 캐치볼을 하기는 했지만 늘 건성이어서 긴장감이라고는 전혀 느껴지지 않았다.

하지만 그에게 뭐라고 하는 사람은 없었다. 부원들은 물론이고 가치 감독도 마찬가지였다. 그뿐만이 아니었다. 가치 감독과 게이치로 사이에는 보이지 않는 벽 같은 것이 있었다. 가치 감독이 게이치로에게 말을 거는 걸 본 적이 있다. 무슨 주의를 주려고 하거나 화를 내는 게 아니었다. 그냥 사소한 전달 사항 같은 것을 알려주었을 뿐이다.

그런데도 게이치로는 무시했다. 못 들은 척하고 딴 데로 가버렸다. 게이치로는 분명히 감독이 부르는 소리를 들었을 것이다. 좀 떨어진 곳에 있던 미나미의 눈에도 못 들은 척한 것으로 보였다. 게이치로는 감독을 무시한 것이다.

그런데도 감독은 게이치로에게 주의를 주지 않았다. 합숙 기간 중 두 사람이 접촉한 것은 이때뿐이었다. 그 뒤로는 서로 상대를 피하듯 거리를 좁히는 일이 없었다.

미나미는 1학년 여자 매니저인 호조 아야노를 붙잡고 물었다.

"저어, 아사노 게이치로 말이야."

"예? 아, 예."

아야노는 깜짝 놀란 표정을 지으며 미나미를 바라보았다. 아야노는 미나미가 말을 걸면 늘 깜짝 놀란 얼굴을 했다. 이미 여러 번 만났는데도 아야노는 아직 익숙하지 않은 모양이었다.

"게이치로는 왜 연습을 진지하게 하지 않는 거지?"

"예?"

"뭐랄까, 감독님은 왜 그걸 그냥 두고 보는 거야? 내가 보기에는 감독님이 게이치로를 피하는 것 같던데."

"예? 아, 예."

"두 사람은 어떤 관계니? 게이치로는 왜 태도가 늘 저렇지?"

"예? 아, 예."

'예? 아, 예' 하는 게 아야노의 말버릇이었다. 무얼 물어보면 늘 이 소리부터 했다. 미나미는 '예? 아, 예' 이외의 대답을 끌어내려고 잠시 입을 다물고 아야노를 바라보았다. 하지만 아야노는 입을 다문 채 아무 말도 하지 않았다.

결국 미나미는 참다못해 이렇게 말했다.

"……얘, 내가 질문했잖아."

"예?"

"내가 지금 네게 질문했다고."

"예? 아, 예. 죄, 죄송해요."

아야노는 다시 깜짝 놀란 표정을 지으며 고개를 숙였다.

바로 그때였다. 아야노가 불쑥 "아!" 하고 소리를 지르며 미나미의 등 뒤쪽을 바라보았다. 미나미도 고개를 돌렸다. 그 순간 아야노가 갑자기 달아나기 시작했다. 아야노는 미나미로부터 도망쳤다. 눈 깜짝할 사이에 일어난 일이었다. 불러 세울 틈도 없었다. 미나미는 멍하니 아야노의 뒷모습만 지켜볼 뿐이었다.

미나미는 어쩔 수 없어 주장인 호시데 준에게 물어보았다. 그도 난처한 표정을 지으며 마지못해 대답했다.

감독과 게이치로가 그런 관계가 된 것은 여름 대회 때 있었던 일이 발단이 됐다고 했다. 그때 가치 감독이 투수인 게이치로를 강판시킨 것이다. 게이치로는 투수 교체가 납득이 되지 않았던 듯하다. 분명히 게이치로가 점수를 내주기는 했지만, 그건 수비수의 실책 때문에 잃은 점수였다. 그래서 자기를 교체할 줄은 몰랐던 모양이다.

하지만 감독은 투수를 교체해버렸다. 그 뒤로 게이치로는 감독에게 삐쳐 있었다. 지금 보이는 저런 태도는 그때부터 시작되었다는 이야기다.

2

다들 그런 식이었다. 미나미는 야구부 부원들과 커뮤니케이션하기가 무척 힘이 들었다. 그래서 부원들을 관찰하겠다던 계획도 뜻대로 되지 않았다. 사실은 에이스인 아사노 게이치로와 가치 감독하고도 이야기를 나누고 싶었지만 기회가 생기지 않았다.

게이치로는 늘 몇몇 동료들과 함께 있거나, 혼자일 때는 누구도 접근할 수 없는 분위기를 풍겼다.

가치 감독도 접근할 수 없는 정도는 아니더라도 부원들과 그다지 대화를 나누고 싶어 하지 않는 분위기였다. 감독은 게이치로뿐만 아니라 다른 부원들과도 거리를 두고 있었다. 태도만 보면 감독이라는 사실이 믿기지 않았다. 그래서 미나미는 좀체 이야기할 기회를 잡지 못했다.

합숙 마지막 날이 되었을 때는 하고 싶었던 일을 하나도 해내지 못해 참담했다. 어지간해서는 풀이 죽지 않는 성격인데도 마음이 무거웠다.

그래도 포기하고 주저앉을 수는 없었다. 그럴 때면 미나미는 다시 《매니지먼트》를 펼쳐들었다. 그 책 안에서 현재 상황을 개선하기 위해 필요한 힌트를 찾아내려고 했다.

《매니지먼트》를 읽기 시작한 이후 미나미에게는 한 가

지 신념이 싹텄다.

헤맬 때는 이 책으로 돌아온다. 답은 반드시 이 안에 있다.

이런 생각에 뚜렷한 이유가 있는 것은 아니었다. 단순한 직감에 지나지 않았다. 하지만 미나미는 그 직감을 중요하게 여겼다. 생각을 많이 하기보다 행동이 더 빠른 미나미에게 직감이란 늘 도움이 되어주는 소중한 내비게이터였다. 이때도 직감이 지시하는 대로 하려고 했다.

미나미는 합숙 마지막 날 밤에도 식사를 마친 뒤 아무도 없는 식당에서 《매니지먼트》를 읽고 있었다. 이상하게도 《매니지먼트》를 읽으면 마음이 차분하게 가라앉았다. 그뿐만이 아니라 잃었던 자신감도 되찾게 되는 기분이 들었다. 이 책을 읽고 있으면 기운이 났다. 이 무렵 미나미는 스스로를 격려하는 의미에서도 이 책을 꺼내들곤 했다.

어느새 책에 빨려 들어가 정신없이 읽고 있을 때였다.

"뭘 읽는 거니?"

불쑥 뒤에서 목소리가 들렸다.

깜짝 놀란 미나미가 뒤를 휙 돌아보았다.

처음에는 포수인 가시와기 지로가 미나미를 깜짝 놀라게 하려고 장난치는 줄 알았다. 하지만 거기 서 있는 사람은 지로가 아니었다. 니카이 마사요시(二階正義)라는 2학년 후보 선수였다.

미나미는 물론 마사요시를 알고 있었다. 그는 합숙 훈련에서 처음 본 게 아니라 여름방학 전부터 연습에 꾸준히 참가하던 학생이었다. 몇 안 되는 성실한 부원 가운데 한 명인 셈이다.

또 마사요시에게는 큰 특징이 있었다. 그건 부원들 가운데 야구가 '가장 서툴다'는 점이었다. 마사요시가 얼마나 야구를 못하는지는 누구라도 쉽게 알 수 있을 정도였다. 캐치볼마저도 제대로 하지 못했다. 던진 공이 상대방에게 정확하게 전달되는 일은 거의 없었다.

그 정도라면 어쩌면 매니저인 아야노보다 실력이 더 아래일지도 모른다. 아야노도 공 줍는 일을 도울 때 가끔 공을 던지는데, 마사요시보다도 컨트롤이 훨씬 정확했다.

하지만 마사요시는 다른 선수들에 비하면 엄청 성실했다. 연습 때는 늘 제일 먼저 나섰고, 맨 나중에 돌아왔다. 게다가 마사요시는 다른 부원들이 싫어하는 뒷정리 같은 일도 솔선해서 했다. 그가 그라운드를 맨 마지막에 떠나는 까닭은 누구보다 늦게까지 남아 뒷정리를 하기 때문이었다.

하지만 이때까지만 해도 미나미는 마사요시와 진지한 이야기를 나눈 적이 한 번도 없었다. 오다가다 잡담을 나눌 만큼은 가까워졌지만, 미나미는 자신의 목표를 마사요시에게 이야기하지 않았다. 만년 후보 선수인 마사요시에게 고시엔 대회 이야기를 해봐야 무슨 소용이 있겠느냐는 생각 때문이었다.

그런 마사요시가 뒤에 서 있었다. 손에 무언가 들고 있어 자세히 보니 쓰레기 봉투였다. 내일이면 합숙이 끝나니 오늘 미리 청소를 하는 중이었다고 한다. 성실한 마사요시에게 썩 어울리는 모습이었다.

미나미는 《매니지먼트》의 표지를 보여주며 말했다.

"아, 이거? 이런 책이야."

"어라, 드러커잖아?"

"엥?"

미나미는 깜짝 놀랐다.

"마사요시, 너 드러커 알아?"

"알고말고. 난 드러커가 쓴 책은 거의 다 읽었어."

그러면서 마사요시는 약간 쑥스러운 표정을 지으며 말을 이었다.

"난 이 사람 팬이야."

미나미는 의외라는 표정을 지으며 마사요시를 바라보았다.

"어머, 드러커를 용케 아네?"

그러자 마사요시가 살짝 발끈하는 표정을 지으며 대꾸했다.

"누가 할 소리를. 너야말로 왜 《매니지먼트》를 읽고 있는 거니? 너도 앙트러프러너(Entrepreneur)가 되려는 거니?"

"앙트러프러너라니, 뭐지?"

"엥? 앙트러프러너, 몰라? 앙트러프러너란 말이야, 그게…… '기업가'라는 뜻이지."

"기업가?"

"내가 지금 이야기하는 기업가는 '기업을 세우는 사람'을 말하는 거야. '사업을 일으키는 사람'이란 뜻이지. 간단하게 이야기하면 '사장'. 너도 회사를 세울 작정이냐고 물은 거야."

"아니, 전혀. 그럼, 너는 그 사장이 되려고 하는 거야?"

"그렇지."

마사요시가 이번에는 가슴을 쭉 펴며 대답했다.

"난 나중에 회사를 만들고 싶어. 야구부에 들어온 것도 그 때문이야."

"에엥?"

미나미가 괴상한 목소리를 냈다.

"그게 무슨 뜻이야?"

그러자 마사요시는 기업가가 되기 위해 야구부에 들어오게 된 이유를 설명하기 시작했다.

마사요시는 초등학교 때부터 나중에 커서 회사를 세우는 사업가가 되겠다는 꿈을 품었다고 한다. 그래서 여러 가지 공부를 하며 준비하는 중인데, 고등학교 때부터 야구부 활동을 하는 것도 그런 공부 가운데 하나라는 이야기였다.

굳이 야구부에 들어온 까닭은, 일본에서는 사회에 나가면 체육 동아리 활동 경력이 아주 유리하게 작용한다는 사실을 깨달았기 때문이라고 한다. 실제로 일본 사업가들 가운데는 운동부 출신이 많다. 학창 시절에 운동부에서 쌓은 인간관계를 인맥 구축을 위한 기반으로 삼는 것이다.

또 운동부 출신 인맥은 여러 상황에서 도움이 많이 되기 때문에 중요한 이력으로 작용하기도 한다. 가장 좋은 예가 기업의 사원 채용이다. 기업이 인재를 뽑을 때 운동부 활동을 했다는 경력은 어드밴티지로 작용한다.

"그래서 야구부에 들어오기로 한 거지."

마사요시는 중학교 때까지만 해도 스포츠와는 담을 쌓고 지냈다고 한다. 하지만 심신 단련이라는 의미에서도, 그리고 인맥 구축이나 인간관계의 스킬을 익힌다는 의미에서도 운동부 활동을 하면 장래에 도움이 될 거라고 생각했다. 그래서 어느 부에 들어갈까, 고민한 끝에 어차피 할 거라면 일본에서 가장 인기가 많은 스포츠가 좋겠다고 생각해 야구부에 들어왔다는 것이다.

그 이야기를 듣고 미나미는 스스로도 놀랄 정도로 감탄했다. 그런 이유로 야구부에 들어오는 사람이 있다는 이야기는 여태 들어본 적이 없었다. 게다가 실력은 없지만 남들보다 성실하게 활동하는 자세에 큰 감명을 받았다.

그런 마음을 솔직하게 털어놓자 마사요시는 또 쑥스러워하면서 이렇게 대답했다.

"별거 아니야. 그보다 넌 왜 《매니지먼트》를 읽는 거니? 기업가가 되지 않을 거라면 굳이 그런 책을 읽을 필요가 없잖아?"

"아니야, 필요하지."

미나미는 뜻밖이라는 듯이 대답했다.

"난 이걸 읽고 매니지먼트를 할 생각이니까."

"에엥?"

이번에는 마사요시가 이상한 표정을 지었다.

"매니지먼트라니, 대체 무얼 매니지먼트하려고?"

"야구부."

미나미가 샐쭉한 표정으로 대꾸했다.

"사람 뭘로 보는 거야? 난 '매니저'야. 매니저가 할 일이 매니지먼트밖에 더 있어? 난 야구부를 매니지먼트할 거란 말이야."

그 말을 들은 마사요시는 한동안 멍한 표정을 지었다. 그리고 미나미의 얼굴과 《매니지먼트》를 번갈아 바라보았다.

"야구부 여자 매니저가, 《매니지먼트》를 읽고 야구부를 매니지먼트한다고……?"

그러더니 마사요시가 불쑥 "설마, 너 진심이야?"라고 소리치더니 배를 잡고 웃기 시작했다.

3

마사요시는 1분 가까이 웃어댔다.

미나미는 뾰로통한 표정으로 마사요시를 노려보았다. 그러고 나서 그가 거의 다 웃었을 때 이렇게 말했다.

"대체 뭐가 우스워?"

"아니……."

마사요시는 여전히 킥킥거리며 대답했다.

"여자 매니저가 야구부를 매니지먼트하겠다니, 최고로 웃기는 농담이라는 생각이 들어서."

"난 농담하는 거 아니야."

미나미는 으르렁거리듯 낮은 목소리로 대꾸했다.

"진지하게 이야기하는 거야."

"아, 아니……."

마사요시가 이번에는 얼른 변명을 늘어놓았다.

"물론 그건 알아. 난 널 놀리려고 웃은 게 아니야. 진지하게 그런 생각을 한다는 걸 아니까 웃은 거지."

"진지한 게 왜 우습지?"

"그야 너무 웃기는 농담이잖아……."

마사요시가 눈을 반짝이며 말했다.

"여자 매니저가 매니지먼트라니, 상상도 못했어. 하지

만 듣고 보니 분명히 재미있네. 오히려 여태까지 왜 그런 생각을 못했는지 이상할 정도야. 매니지먼트가 꼭 기업만 하는 것은 아니니까 말이야. 그리고 어른들만 매니지먼트를 하란 법도 없지. 고등학교 야구부 같은 비영리단체에 적용시키려는 것도 훌륭한 일 아니겠어?"

미나미는 마사요시가 무슨 말을 하는지 제대로 이해할 수 없었다. 하지만 마사요시가 자기를 놀리는 게 아니라는 사실만은 알 수 있었다. 그래서 일단 뽀로통한 표정을 풀었다. 그때 머릿속에 떠오른 것이 있어 마사요시를 바라보며 말했다.

"한 가지 물어봐도 되겠어?"

"응?"

"너도 《매니지먼트》를 읽어본 적 있을 거 아니야?"

"물론이지."

마사요시는 당당하게 대답했다.

"그건 제일 먼저 읽었어. 게다가 그 뒤로도 여러 번 반복해서 읽었고. 난 네가 가지고 있는 '에센셜판'뿐만 아니라 최근에 나온 '완전판'도 가지고 있거든."

"그럼 묻고 싶은 게 있는데……."

"응."

"야구부의 '고객'은 누구니?"

"엥?"

"난 그걸 모르겠어. 그래서 내내 고민했지. 이 책에는 말이야, '기업의 목적과 사명을 정의할 때, 출발점은 단 하나뿐이다. 바로 고객이다. 사업은 고객에 의해 정의된다'고 적혀 있는데, 이건 고객이 누구이고, 어떤 사람이냐에 따라 야구부가 무엇이고 무얼 해야 하는지가 결정된다는 소리잖아? 거기까지는 나도 알겠어. 그런데 야구부에 있어 가장 중요한 '고객'이 누구인지는 도무지 모르겠어."

"흐음."

그 질문을 받은 마사요시는 진지한 표정을 지었다.

"잠깐 줘봐."

마사요시는 미나미가 들고 있던 《매니지먼트》를 받아들더니 책장을 뒤적였다.

"아, 그래, 여기다. 이거야. 《매니지먼트》에는 이렇게 적혀 있어."

1930년대의 대공황 때, 수리공에서 시작해 캐딜락 사업부의 경영을 책임지기에 이른 독일 태생 니콜라스 드레이슈타트(Nicholas Dreystadt)는 "우리의 경쟁 상대는 바로 다이아몬드나 밍크코트다. 우리 고객이 구입하는 것은 운송 수단이 아니라 사회적 지위다"라고 말했다. 이 말이 파산 직전까지 내몰렸던 캐딜락을 구했다. 그 끔찍한 대공황 시절이었는데도 겨우 2~3년 사이에 캐딜락은 성장 사업으로 변신했다.

(25쪽, 제1장 기업의 성과 - 3. 사업은 무엇인가)

"이 부분을 참고하면 '고객은 누구인가'를 알 수 있지 않을까?"

"무슨 소리야?"

"그러니까 이 부분에서는 자동차란 무엇인가를 정의하면서 단순한 운송 수단이 아니라고 이야기하고 있어. 예를 들면 캐딜락의 경우에는 운송 수단 이외에 '사회적 지위'가 추가된다는 소리지."

"응."

"니콜라스 드레이슈타트가 그걸 알고 있었다는 이야기는 '고객은 누구인가?'를 깊이 고민했다는 증거야. 그 결과 그는 '다이아몬드나 밍크코트를 사는 사람'이 자기들의 고객이라는 답을 얻었고 그 고객들이 캐딜락 구입을 통해 얻고자 하는 것은 '사회적 지위'라는 판단을 내릴 수 있었던 거야. 야구부도 이런 식으로 먼저 '고객은 누구인가?'를 파악하는 일부터 시작해야 해. 그렇게 하면 야구부가 대체 무엇인지, 무엇을 해야 하는지 알 수 있게 되지 않겠어?"

"알아, 그러니까."

미나미는 약간 초조한 표정을 지으며 말을 이었다.

"그 '고객은 누구인가?' 하는 걸 모르기 때문에 고민하고 있는 거잖아. 야구장에 오는 팬이 고객이라는 건 아니겠지? 빤한 답이 옳은 답인 경우는 거의 없다고 적혀 있었으니까."

하지만 마사요시는 태연한 얼굴로 이렇게 말했다.

"그렇게 너무 딱딱하게 생각할 것 없어. 고교야구부는 분명히 야구장에 오는 관중들에게 입장료를 받지는 않지. 하지만 시합을 그냥 하는 건 아니잖아? 야구를 제대로 할 수 있도록 돈을 대주거나, 돈까지는 아니어도 이런저런 도움을 주는 사람들이 있지 않겠어?"

마사요시의 말을 듣고 나서야 미나미는 그런 사람들이 있다는 사실을 비로소 머릿속에 떠올렸다.

"아!"

"그러니까 그런 사람들을 야구부의 고객이라고 생각하면 되는 거지. 그 사람들이 없으면 야구부는 존재할 수 없으니까."

"아……, 아아……."

미나미는 흥분한 표정으로 마사요시를 바라보았다.

"그렇다면, 예를 들자면 우리 '부모님들'이 고객이라는 이야기가 되는 건가? 부모님이 학비를 내주기 때문에 우리가 학교에 다닐 수 있는 거고, 그래서 야구부 활동을 할 수 있는 거니까."

"그렇지."

마사요시가 고개를 끄덕이며 말을 이었다.

"그다음에는 야구부 활동에 관계하고 있는 '선생님들'이나 '학교'도 고객이라는 이야기가 되지."

"그렇다면 학교에 돈을 지원하고 있는 '도쿄 도'도 고객이라는 이야기가 되잖아?"

"그럼. 그 도쿄 도에 세금을 내고 있는 '도쿄 도민'들도 고객이 되는 거지."

"맞다, 맞아!"

미나미는 여전히 흥분한 표정으로 고개를 끄덕였다.

"아, 그러면 '고교야구연맹'도 고객이겠네? 그 단체가 고시엔 대회를 운영하고 있으니까."

"그래. 그리고 전국에 흩어져 있는 '고교야구팬들'도 역시 고객이 되겠지. 우리가 그 사람들로부터 직접 돈을 받는 건 아니지만 그 팬들이 흥미를 갖고 야구장을 찾아와주거나 신문 기사를 읽고 텔레비전을 봐주기 때문에 스폰서 기업이 돈을 내고, 그 돈으로 고시엔 대회를 운영하는 거니까."

"응. 그래. 그렇구나……. 그렇게 생각하면 고교야구에 관계하는 사람들 대부분이 고객이라고 할 수 있겠네."

이때 미나미의 머릿속에는 몽롱한 뭔가가 꿈틀거리기 시작하고 있었다. 그건 예감이었다. '야구부란 무엇인가?'에 대해 정의를 내릴 수 있을 것 같다는 느낌. 그건 늘 그렇게 찾아오는 직감이었다. 익숙한 직감을 통해 미나미는 '야구부란 무엇인가?' 하는 물음의 답 근처에 와 있다는 사실을 느꼈던 것이다.

하지만 그 답은 또렷한 모습을 쉽게 드러내지 않았다. 도무지 구체적인 모습을 보여주지 않았다. 미나미는 안절부절못했다. 마치 목구멍까지 나오려던 사람 이름이 가물거리며 쉽게 기억나지 않는 듯한 기분.

아아, 뭐지? 거의 다 생각이 났는데.

그런 생각을 하고 있을 때였다. 마사요시가 이렇게 말했다.

"그리고 잊어서는 안 될 점이 있어. 우리 '야구부 부원'도 고객이라는 사실이지."

"뭐?"

미나미는 놀란 얼굴로 마사요시를 바라보았다.

"그게 무슨 소리야?"

"생각해봐. 그렇잖아."

마사요시는 당연한 이야기라는 듯한 표정으로 말했다.

"우리 부원들이 없으면 야구부는 존재할 수 없어. 그리고 고교야구 선수 없이는 고시엔 대회도 치를 수 없지. 그러니 우리 야구부 부원은 야구부의 종업원이자 가장 중요한 고객인 셈이 되는 거야."

바로 그 순간이었다. 몽롱했던 머릿속이 단숨에 활짝 맑아지는 듯한 느낌이 들었다. 그리고 동시에 목구멍까지 나오려던 그 답이 또렷하게 떠올랐다. 거의 다 접근한 듯했던 야구부에 대한 정의를 구체적으로 인식할 수 있게 되었던 것이다.

"감동!"

미나미는 자신도 모르게 소리를 지르고 말았다. 그러자 마사요시가 깜짝 놀란 얼굴로 미나미를 바라보았다.

"엥? 뭐, 뭐야……?"

미나미가 마사요시를 바라보며 힘주어 말했다.

"그래! '감동!' 고객이 야구부에 요구하는 것은 '감동'이야! 그건 부모님이나 선생님, 학교, 도민들, 고교야구연맹, 전국의 고교야구팬들, 그리고 우리 부원들까지 모두 마찬가지야! 다들 야구부에 '감동'을 원하고 있는 거지!"

"흐음, 그렇군……."

마사요시는 잠시 생각하더니 다시 입을 열었다.

"네 해석이 재미있구나. 분명히 그런 면이 있긴 하지. '고교야구'와 '감동'은 끊으려야 끊을 수 없는 관계니까 말이야. 고교야구의 역사 자체가 바로 감동의 역사라고 해도 지나친 말이 아니거든. 고교야구라는 문화는 지금까지 수많은 감동을 선사해왔어. 그래서 지금처럼 뿌리를 깊고 넓게 내릴 수 있었던 거지."

"그래! 맞아!"

미나미도 흥분해서 힘차게 고개를 끄덕이며 대꾸했다.

"나도 한 사람 알아. 야구부에서 감동을 원하는 고객이
있지. 그래, 그 애가 고객이었던 거야. 그리고 그 애가 원
하는 것이 바로 야구부에 대한 정의였어. 야구부가 해야
할 일은 '고객에게 감동을 주는 것'이야. 야구부에 대한 정
의는 '고객에게 감동을 주기 위한 조직'이었던 거야."

4

이렇게 해서 야구부에 대한 정의는 내려졌다. 그리고 이
어서 목표도 바로 정했다. 그 목표는 당연히 '고시엔 대회
에 나간다'는 것이었다.

원래는 미나미의 개인적인 목표였다. 하지만 야구부가 무엇
인지 정의를 내린 지금 야구부의 목표로 다시 설정한 것이다.

왜냐하면 '고시엔 대회에 나간다'고 하는 것은 '감동을
주기 위한 조직'인 야구부의 정의에 가장 잘 어울리는 목
표이기도 했기 때문이다. 만약 야구부가 고시엔 대회에 출
전하게 된다면 많은 사람들에게 감동을 줄 수 있으리라는
상상은 누구나 쉽게 할 수 있다.

목표를 이렇게 설정하고 나니, 미나미는 기쁨과 동시에 더

커진 자신감이 느껴졌다. 애당초 별 고민을 안 하고 설정한 목표였는데 '야구부에 대한 정의'라는 것이 내려지자 자신의 직감이 옳았다는 사실이 증명된 것 같은 기분이 들었다.

정의와 목표가 결정된 뒤, 미나미가 이어서 착수한 것은 마케팅이었다. 《매니지먼트》에는 이렇게 적혀 있었다.

기업의 목적은 고객 창조다. 따라서 기업은 두 가지, 딱 두 가지의 기본적 기능을 지닌다. 마케팅과 이노베이션이다. 이 마케팅과 이노베이션만이 성과를 가져다준다.

(16쪽, 제1장 기업의 성과 – 2. 기업이란 무엇인가)

그리고 이런 내용도 있었다.

지금까지 마케팅이라고 하면 판매에 관계된 모든 기능을 수행하는 일을 의미할 뿐이었다. 이렇게 해서는 아직 마케팅이라고 할 수 없다. 그냥 판매일 뿐이다. 판매는 우리 제품이 무엇인지로부터 출발한다. 그 물건을 판매할 시장을 찾는다.

하지만 진정한 마케팅은 고객으로부터 출발한다. 즉 고객의 현실, 욕구, 가치로부터 출발한다. '우리는 무엇을 팔고 싶은 걸까?'가 아니라 '고객은 무엇을 사고 싶어 하는가?'를 묻는다. '우리 제품이나 서비스로 할 수 있는 일은 이런 것이다'가 아니라 '고객이 가치를 인

정하고, 필요로 하고, 원하는 만족은 바로 이것이다'라고 할 수 있어
야 진짜 마케팅이다.

(17쪽, 제1장 기업의 성과 - 2. 기업이란 무엇인가)

미나미는 이 부분을 읽고 깨달은 점이 있었다. 그건 '나는
이미 마케팅을 해왔다'는 사실이었다. 예를 들면 유키를 만
나 이야기를 들은 일이 그랬다. 유키에게 "왜 매니저가 되
었니?"라고 물어 "감동받고 싶어서"라는 대답을 얻은 것이
바로 마케팅이었다.

미나미는 유키라는 고객의 '현실, 욕구, 가치'로부터 출
발했다. 그래서 '야구부는 고객에게 감동을 주기 위한 조
직'이라는 정의를 이끌어낼 수 있었던 것이다.

여름 합숙 훈련에서 야구부를 관찰한 일 역시 마케팅이었
다. 합숙 훈련 때는 '야구부를 고시엔 대회에 출전시키겠다'는
자신의 욕구를 이야기하지 않았다. 우선 관찰부터 시작하려
고 했다. 그것은 '우리 제품이 무엇인지로부터 출발'한 게 아
니라 바로 '고객으로부터 출발'하려고 한 행동이었다. 부원이
라는 고객이 '가치를 인정하고, 필요로 하고, 원하는 만족은
이것이다'라는 것을 조사하는 작업으로부터 마케팅을 시작하
려고 했던 것이다. 이때까지만 해도 부원들을 고객으로 의식
하지 못했지만, 미나미는 이미 마케팅을 하고 있었던 셈이다.

다만 그 마케팅은 아직 이렇다 할 성과는 내지 못하고 있다. 여름 합숙 훈련 때는 야구부를 대상으로 마케팅을 제대로 할 수 없었다.

예를 들면 1학년 여자 매니저인 호조 아야노. 아야노는 아직도 미나미에게 마음의 문을 열지 않고 있었다. 그래서 아무런 이야기도 들을 수 없었다.

주장인 호시데 준과는 나름대로 이야기를 나눌 수 있는 사이가 되었지만, 다른 한편으로 눈에 보이지 않는 벽 같은 것을 느끼기도 했다. 준은 미나미가 질문하면 일단 대답은 해주지만 흔쾌한 표정은 아니었다. 왜 그러는지 미나미는 아직 그 이유를 모르는 상태였다.

가치 마코토 감독이나 에이스 투수인 아사노 게이치로에게 느끼는 거리감은 그 이상이었다. 말조차 붙일 수 없는 상태였다.

그런 상황 속에서도 유일하게 제대로 풀린 것은 니카이 마사요시에 대한 마케팅이었다. 미나미는 우연히 마사요시가 '장차 기업가가 될 생각'이라는 욕구와 '심신을 단련하고 인맥을 만들기 위해 야구부에 들었다'는 가치를 지니고 있다는 사실을 알게 되었다.

이게 바로 마케팅이었다. 이거야말로 성과였다. 그건 아주 작은 한 걸음에 지나지 않았지만 확실한 전진임은 분명했다.

미나미는 앞으로도 이렇게 한 걸음씩 차근차근 나아가는 마케팅을 진행하고 싶었다. 그래서 합숙이 끝나자마자 바로 유키가 입원해 있는 병원을 찾아갔다. 유키에게 합숙 훈련 때 있었던 일들을 이야기하고 앞으로 어떻게 마케팅을 할 것인지에 관해 의논할 생각이었다.

어떻게 하면 다른 부원들의 현실과 욕구, 가치를 알아낼 수 있을까? 어떻게 하면 그 이야기를 들을 수 있을까? 그리고 어떻게 하면 그들의 굳게 닫힌 마음을 열 수 있을까? 이런 점들에 관해 유키의 조언을 듣고 싶었던 것이다.

그런데 유키는 미나미가 그런 이야기를 하자 의아하다는 듯한 표정을 지으며 이렇게 말했다.

"나는 네가 생각하듯 다들 그렇게 마음을 굳게 닫고 있는 거라고는 보지 않는데."

"하지만 아야노 같은 애는 무얼 물어보면 '예? 아, 예'라는 대답밖에 하지 않아. 좀 더 물어보려고 하면 도망치기까지 하고."

그 말을 들은 유키는 '호호호' 하고 웃었다.

"아야노가 긴장했기 때문일 거야. 그 애는 낯가림이 심한 구석이 있으니까. 하지만 일단 친해지면 아주 밝고, 말도 잘하는 아이야."

"유키, 넌 아야노하고 사이 좋아?"

미나미가 살짝 놀라며 물었다.

"사이가 좋다고 할 수 있는 정도는 아니지만 나름대로 이야기는 해."

"그렇구나……. 그런데 아야노라는 애는 어떤 애야?"

"글세, 아야노는 우선 대단한 수재라고 해야겠지."

"그래?"

"그럼. 그 애는 입학시험부터 지금까지 전교 1등을 한 번도 놓친 적이 없어."

"그래? 와, 대단하네."

"응. 그래서 도쿄대 합격은 떼놓은 당상이란 소리를 듣지."

"그래……? 난 전혀 몰랐네."

"그것도 말이야, 그냥 공부벌레가 아니라 실제로 머리가 아주 좋아. 부원 이름도 한 번 듣고 전부 외우더라고. 배운 내용이나 누가 무슨 이야기를 했는지 등 뭐든 다 외우고 있어. 나는 늘 감탄해. 나 같은 애하고는 뇌 구조가 완전히 다르구나, 하고."

"흐음. 그런데 왜 그런 애가 야구부 매니저를 하는 거지?"

"글쎄. 거기까지는 나도 물어본 적이 없어. 그것까지 묻기는 쉽지 않지. 그런 의미에서는 분명히 벽이 있기는 있는 셈이네."

"그렇지? 역시 너도 그렇구나……. 그럼, 내게 달리 더

해줄 이야기는 없어?"

"아, 아야노는 머리가 좋지만 아주 고집스러운 면이 있어."

"아, 그건 나도 알아."

"전에 한 차례 내게 엄청나게 화를 낸 적이 있지."

"화를 내? 너한테?"

"응. 내가 화나게 만들었다고 해야 하나……? 그게 말이야, 아야노가 야구부에 들어온 지 얼마 안 되었을 때 이런 말을 한 적이 있어. '역시 우등생은 머리가 다르구나'라고. 난 별다른 뜻이 없었어. 그때는 진심으로 감탄했기 때문에 칭찬한 거지."

"응, 그래. 나도 무슨 말인지 알겠어."

"그런데 말이야, 그때 갑자기 소리를 버럭 지르면서 '저는 우등생이 아니에요!'라고 하더라고."

"아야노가?"

"그래! 그래서 나도 깜짝 놀랐지. 그라운드에 나가 있는 부원들에게까지 들릴 정도로 목소리가 컸기 때문에 다들 일제히 나를 쳐다보았어."

"어머."

"아야노도 그걸 깨닫고 창피했는지 갑자기 얼굴이 새빨개지더니 그냥 도망치더라."

"아, 내 앞에서도 도망쳤어."

"그래서 그 애는 '우등생'이란 표현을 끔찍하게 싫어하는 모양이라는 생각에 스스로 반성했지만……."

"흐음. 그런 일이 있었구나."

이어서 미나미는 가치 마코토 감독에 대해 물어보았다. 유키는 이렇게 대답했다.

"감독님은 두려워하고 있어."

"두려워해? 뭘?"

"그게 말이야……, 부원들을 두려워해."

"부원들을? 아니, 어째서?"

"응. 그게 말이야……."

유키는 전에 가치 감독한테 들었다는, 그가 부원들과 거리를 두게 된 사건에 대해 이야기해주었다.

가치 마코토는 20대 후반의 아직은 젊은 사회과 담당 교사였다. 호도고를 졸업한 동문이자 야구부 OB라고 한다.

"엥? 그래? 전혀 몰랐네."

"응. 게다가 감독님은 도쿄대 출신이야."

"에엥?"

호도고를 졸업한 가치 감독은 재수하여 도쿄대에 진학했다. 그는 대학에서도 야구부에 속해 있었는데, 그 뒤 무슨 사정이 있었는지 교사가 되어 모교로 돌아왔다.

"어째서?"

"확실하게 말씀하시지는 않지만 꿈이 있었던 것 같아."

"꿈이라고?"

"그래. 가치 선생님의 꿈은 고교야구 감독이 되어 고시엔 대회에 나가는 거였던 모양이야."

"에엥?"

미나미는 깜짝 놀랐다.

"그런데 의욕이 없다고 해야 할까, 왜 그렇게 성실하게 지도하지 않는 거지?"

"그건 이 학교에 부임하고 나서 일어난 일 때문인 모양이야……."

호도고에 부임한 가치 선생은 처음에는 야구부 감독이 아니라 코치를 맡았다. 그 무렵 다른 감독이 있었기 때문이다. 그런데 가치 선생이 부임한 지 얼마 지나지 않아 그 감독이 그만두게 되었다. 연습 중 부원에게 폭력을 휘둘러 학부모가 문제를 제기한 것이다.

"타이밍이 참 좋지 않았지. 그 즈음에 체벌 때문에 말들이 많았어. 그런 시기에 학부모가 자신의 아이가 폭행을 당했다고 문제 삼으니 학교는 물론이고 아무도 감싸주려고 하지 않았던 모양이야."

"그래서?"

"그래서 그 감독님이 책임을 지는 형식으로 야구부는 물론 학교도 그만두셨대. 가치 선생님은 그 후임으로 야구부 감독이 된 거지."

유키는 한숨을 푹 내쉬고 말을 이었다.

"그 일이 가치 선생님에게는 보통 일이 아니었던 모양이야. 그만두신 그 감독님은 가치 선생님이 존경하고 동경하던 분이셨대. 그래서 그 감독님이 학교를 떠나시게 된 게 충격이었고, 자기가 그 후임자가 된 것도 역시 충격이었던 거지."

"왜?"

"그 감독님을 자기가 내쫓은 기분이 들었던 모양이야. 그래서 가치 선생님은 그렇게 동경하던 고교야구 감독에 아주 입장이 난처한 상태에서 취임하게 된 거지."

"흐음……. 그건 정말 딱하게 되었네. 하지만 왜 그렇게 성실하게 지도하지 않게 된 거야?"

"그러니까, 부원들이 두려워진 거지."

"어째서?"

"성실하게 지도하다가 자기도 잘리는 게 아닐까 싶어서."

"에엥? 그게 무슨 소리야? 난 무슨 뜻인지 모르겠네."

미나미가 어처구니없다는 투로 물었다.

그러자 유키는 살짝 슬픈 표정을 지으며 대답했다.

"아마 생각이 복잡하기 때문이겠지. 어떻게 해야 할지 모르는 걸 거야. 대체 부원들을 어떻게 지도해야 좋을지를."

"그야 폭력을 휘두르지 않으면 되는 거 아니야?"

미나미는 짜증난 표정으로 말했다. 그러고는 다시 표정을 바꾸어 감탄한 얼굴로 유키에게 물었다.

"그런데 대단하네, 유키. 가치 선생님이 어떻게 네게 마음을 열고 그런 이야기까지 해준 거지?"

"마음을 열었는지, 어떤지는 몰라도 이야기는 해주셨어."

"마음을 연 거지. 나도 알아. 네겐 그런 면이 있거든. 어찌된 일인지 네게는 이야기하기가 편해. 네가 다른 사람 이야기를 잘 들어주기 때문이겠지. 너하고 이야기하다 보면 어렴풋했던 생각이 또렷해지기도 해. 실제로 내가 그런 경험을 했는걸. 오늘 널 찾아온 건 뭔가 해결책을 찾을 수 있을지도 모르겠다는 생각이 들었기 때문이기도 해. 실제로 네 이야기를 듣다 보니 시원스럽게 해결되었어. 네 덕분에 야구부를 훨씬 더 많이 이해하게 되었……."

거기까지 이야기하다가 미나미는 불쑥 말을 끊었다. 갑자기 한 가지 아이디어가 떠올랐기 때문이다.

"맞아! 네가 해주면 되겠다."

미나미가 말했다.

"뭐?"

유키는 깜짝 놀란 표정으로 미나미를 바라보며 물었다.

"하라니, 뭘?"

"마케팅!"

미나미가 목소리에 힘을 주며 말했다.

"내가 물어도 대답하지 않는다면 네가 물어보면 되지. 그 이야기를 통해 그들의 현실, 욕구, 가치를 캐내면 되는 거야. 나는 너 옆에서 묵묵히 그 내용을 메모만 하는 거고. 내가 옆에 있어 안 된다면 사물함에 숨어 있어도 좋아. 그렇게 해서 마케팅하면 되는 거지. 그래, 그렇게 하면 게이치로한테도 뭔가 이야기를 들을 수 있을지도 모르겠어."

3장

미나미,
드디어 마케팅에 돌입하다

1

미나미는 유키가 마케팅을 하기 위해 필요한 준비에 열중했다. 우선 유키 어머니 미야타 야스요로부터 허락을 받았다.

이야기만 하는 거라고 해도 입원 중인 유키에게는 부담이 적지 않은 일이었다. 20명이 넘는 부원들과 한 명씩 이야기를 해야 한다. 그것도 단순한 잡담을 나누는 게 아니다. 부원들로부터 그들의 현실, 욕구, 가치를 끄집어내야만 하는 대화다. 결코 쉬운 작업이 아니다.

그런데도 유키 어머니는 흔쾌히 허락했다. 야스요는 미나미를 굳게 신뢰하고 있었다. 그래서 미나미가 하는 일에 이러니저러니 단서를 다는 일은 지금까지 한 번도 없었다. 어렸을 때부터 그랬다. 놀러 가면 늘 따스하고 상냥하게 맞아주었다.

미나미가 야구부 매니저가 된 뒤에도 야스요는 변함이 없었다. 오히려 전보다 더 친절하게 대해주는 듯한 느낌이 들 정도였다. 이번에도 미나미의 부탁을 기꺼이 받아들여준 것이다.

다음에는 가치 감독의 허락을 얻었다. 부원들의 고민이나 바라는 것을 파악하기 위한 정보 수집 기회를 만들고 싶다고 하자 감독은 바로 허락했다.

감독 스스로도 부원들과 거리가 있는 것은 문제라고 느끼고 있는 모양이다. 하지만 그 문제를 해결하지 못하고 있었는데 유일하게 마음을 열고 있는 여자 매니저인 유키가 중간 역할을 맡겠다고 나선다면 부원들과의 거리를 좁힐 수 있을지도 모르겠다는 기대를 한 것이다.

또 부원들이 '병문안'을 가는 날에는 연습을 쉴 수 있도록 허락을 받았다. 물론 연습은 허락받지 않고도 빠질 수 있지만, 미나미는 그런 관행을 하루빨리 고쳐 제대로 출석 체크를 할 수 있는 상태로 만들고 싶었다. 그래서 연습을 쉬는 문제에 대해서도 허락을 받아두려 했던 것이다.

다음에는 부원들 한 사람 한 사람에게 병문안을 와달라고 부탁했다. 몇 명은 거절할 것으로 생각했는데 의외로 다들 받아들여줬다. 그것도 게이치로까지 포함해 모두가 흔쾌하게 승낙해준 것이다.

연습을 빼먹을 수 있는 좋은 핑곗거리가 된다는 이유도 있었겠지만, 가장 크게 작용한 것은 역시 유키의 사람 됨됨이였다. 다들 유키의 건강 상태를 염려하고 있었다. 사실은 더 일찍 병문안을 가고 싶었지만 남학생이 여학생을 찾아가기가 좀 거북했던 모양이다. 그런 상태에서 미나미가 권유하자 다들 선뜻 받아들인 것이다.

마지막으로 미나미는 유키와 미리 꼼꼼하게 의논했다.

미나미는 "묻는 방법은 모두 유키에게 맡기겠다"고 했다. 부원 각자에게 듣고 싶은 내용, 끄집어내고 싶은 내용에 관해서는 서로 의논하지만 그다음은 유키에게 일임하고 싶다는 뜻을 분명하게 전달했다.

이렇게 해서 야구부의 마케팅이 시작되었다. 미나미는 부원들의 스케줄을 조정하고, 한 사람씩 병실까지 데리고 왔다. 이야기를 나누는 시간은 1시간 정도. 그들이 무엇을 요구하고, 무엇을 원하며, 무엇을 바라는지를 유키와 함께 들었다.

미나미와 유키는 그걸 '병문안 면담'이라고 불렀다. 병문안 면담은 우선 1학년 여자 매니저인 호조 아야노부터 시작되었다.

미나미는 앞으로 야구부를 매니지먼트하는 데 있어서 같은 여자 매니저인 아야노의 협력이 필수적이라고 생각하고 있었다. 물론 모든 부원의 협조가 절실했지만 가장 가까이에서 가장 많은 시간을 함께해야 할 아야노는 특히 중요했다.

합숙 훈련이 끝난 지 열흘쯤 지난 뒤, 마침 여름 고시엔 대회 개막일에 첫 번째 병문안 면담이 시작되었다. 미나미를 따라 병실을 방문한 아야노에게 유키는 이렇게 입을 열었다.

"아야노, 오늘 네게 묻고 싶은 게 있어서 와달라고 했어."

"예? 아, 예."

유키의 차분한 말투에 아야노는 약간 긴장한 듯 등을 쭉 폈다.

"이번에 마케팅을 시작했거든."

"마케팅이라고요?"

"그래. 미나미와 내가 야구부 부원들에게 이런저런 것들을 물어보려고. '야구부에 원하는 게 무엇인가?'를."

"예?"

"그 이야기를 듣고 참고로 삼고 싶어서. 앞으로 야구부를 매니지먼트하는 데 있어서 부원들의 의견은 매우 중요하지. 다들 무슨 생각을 하고 있고, 앞으로 어떻게 하고 싶은지가 아주 중요해지는 거야. 우린 그 의견을 바탕으로 야구부를 어떻게 매니지먼트할 것인지 결정할 생각이야."

"예? 아, 예."

"그래서 말인데, 네게도 협력을 부탁하고 싶어."

"예? 저한테요?"

"그래."

유키가 부드러운 미소를 지으며 말했다.

"아야노도 매니저 가운데 한 명이니까 말이야."

"예? 아, 예."

"그래서 첫 단계로 우선 아야노한테 이야기를 들어보고 싶었어. 너는 야구부에 원하는 게 뭐니?"

"예? 아, 예……. 원하는 거 말인가요?"

"그래. 야구부에 기대하는 것, 야구부가 해주었으면 하는 것, 혹은 네가 하고 싶은 것이라도 좋아. 너도 야구부에 뭔가 원하는 게 있을 거 아니야?"

"예? 아, 예……."

아야노는 잠시 생각에 잠기듯 입을 다물었다. 미간을 찡그리고 입을 꾹 다물더니 뭔가를 뚫어지게 노려보는 듯했다.

그렇게 한동안 있더니 이윽고 입을 열어 이렇게 말했다.

"아뇨, 특별한 거 없어요……."

두 사람의 대화를 떨어져서 듣고 있던 미나미는 어깨를 축 늘어뜨렸다. 미나미는 병실 구석에서 될 수 있으면 조용히 앉아 두 사람의 대화를 듣고 있으려 했다. 하지만 아야노의 대답을 듣고 실망감을 감출 수 없었다.

아아, 역시. 아무리 유키가 이야기하기 편한 상대라고 해도 아야노의 속마음을 끄집어낼 수는 없구나…….

"아, 그럼 이렇게 물어볼게."

하지만 유키는 낯빛 하나 변하지 않고 다시 물었다.

"넌 왜 야구부에 들어온 거니?"

"예?"

"야구부에 들어오게 된 계기가 뭐야?"

그러자 아야노의 표정이 약간 바뀌었다.

"그건……."

아야노는 시선을 가만히 두지 못하고 당황한 모습을 보였다. 유키의 얼굴을 흘끔흘끔 훔쳐보며 입술을 뗐다 다물었다 했다.

둔감한 미나미도 그게 무엇을 뜻하는 태도인지 바로 알 수 있었다.

아야노는 지금 뭔가 이야기하려는 거다. 그러면서도 이야기할까 말까 망설이고 있는 거야.

조금만 더 기다리면 뭔가 이야기를 할 거라고 생각한 순간이었다.

불쑥 유키가 먼저 입을 열었다.

"아, 알았다!"

미나미는 깜짝 놀라 유키를 바라보았다.

아니, 뭐야? 에이, 조금만 더 기다리면 아야노가 뭔가 이야기했을 텐데!

하지만 유키는 그런 미나미의 생각 따위는 아랑곳하지 않았다. 아야노의 눈을 똑바로 바라보며 이렇게 물었다.

"역시 생활기록부 때문이야."

"예?"

"넌 우등생이잖아? 시험 성적이야 늘 일등이고. 그러니 완벽한 생활기록부를 위해서는 동아리 활동도 하는 게 낫겠다고 생각해서 야구부에 들어온 거 아니냐는 거지."

미나미는 눈이 휘둥그레져서 유키를 바라보았다.

우등생이라니? 유키, 지금 무슨 소릴 하는 거야? 그건 아야노가 제일 싫어하는 단어잖아!

하지만 유키는 계속 우등생이라는 표현을 썼다.

"우등생은 역시 힘들구나. 그렇게까지 해서라도 성적을 유지해야 하는 건가? 신경 써야 할 일이 한두 가지가 아니네. 역시 우등생은 나 같은 사람하고는 생각이……."

"저는 우등생 아니에요!"

아니나 다를까, 아야노가 소리를 버럭 질렀다. 병실 밖까지 들릴 만큼 큰 목소리였다. 미나미는 간호사나 일부러 자리를 비켜준 유키 어머니가 걱정이 되어 들어오는 게 아닌가 싶어 가슴이 철렁했다.

하지만 그런 염려는 아야노의 얼굴을 본 순간 사라지고 말았다. 아야노의 눈에는 당장이라도 뺨을 타고 흘러내릴 것 같은 눈물이 맺혀 있었다.

"저는 우등생이 아니에요! 그런 말 정말 싫어요!"

"뭐?"

하지만 유키는 표정 하나 바꾸지 않고 아야노의 얼굴을 똑바로 바라보며 말을 이었다.

"그게 무슨 뜻이니?"

"저는 진짜, 진짜로 우등생이 아니에요! 안드로이드도 아니고요! 사람이에요. 피가 흐르는 인간이라고요! 다른 아이들과 사이좋게 지내고 싶은 거예요!"

"안드로이드라고?"

유키가 바로 물었다.

"중학교 때 아이들이 그랬어요!"

아야노도 즉시 대답했다.

"쟤는 표정도 없고 성적만 좋지 인간이 아니라고, 쟤는 안드로이드일 거라고, 몸속에 피도 흐르지 않는 로봇일 거라고 다들 그렇게 말했죠. 그래서 저는 성적은 좋았지만 누구하고도 친하게 지내지 못했어요. 중학교 때는 그런 소리를 너무 많이 들었죠. 아이들이 저를 가리키며 늘 그렇게 수군댔어요!"

"그런데?"

유키가 말했다.

"그런데 왜 야구부에 가입할 생각을 한 거야?"

"그건……."

아야노는 잠깐 머뭇거리는 표정을 지었지만 바로 말을 이었다.

"저도 다른 사람들과 친해지고 싶었어요! 사람들과 친해질 수 있다고요! 저도 사실은 사람들과 친해지고, 사람들에게 도움이 되고 싶어요!"

아야노는 더 이상 견디지 못하고 그만 눈물을 흘리기 시작했다.

"저는 유키 선배가 좋았어요!"

"엥!"

유키는 눈이 휘둥그레져서 아야노를 보았다. 그 말에 미나미 역시 깜짝 놀라지 않을 수 없었다.

아야노는 눈물을 흘리며 말을 이었다.

"저는, 저는 유키 선배를 좋아했어요. 저도 유키 선배처럼 다른 사람들에게 도움이 되고 싶고……, 저도 다른 사람들과 친하게 지내고 싶다는 생각을 해왔어요! 저는, 저는……, 진짜 우등생이 아니에요! 그런데 유키 선배가 그렇게 말하면 저는, 저는……."

그때였다. 갑자기 침대에서 벌떡 일어난 유키가 아야노에게 달려갔다. 아야노도 그랬지만 미나미도 깜짝 놀랐다.

유키는 아야노의 손을 잡고 말했다.

"미안해. 내가 경솔한 소리를 했어. 네게 상처를 준 것 같구나. 미안해. 한심한 소리를 해서. 이제……, 앞으로 다시는 그런 소리 하지 않을게. 용서해줄래?"

그렇게 말하는 유키도 눈물을 글썽거리며 그 젖은 눈으로 아야노를 똑바로 바라보았다.

그런 유키를 아야노도 뚫어지게 마주보았다. 그러더니 '으앙' 하고 울음을 터뜨리며 유키의 품 안으로 파고들었다. 유키는 아야노를 꼭 껴안고 머리카락을 부드럽게 쓰다듬어주었다. 그러고는 미나미 쪽을 바라보며 입 모양으로 '미안해'를 해보이며 면목 없다는 듯한 표정을 지었다.

하지만 미나미는 그저 감탄만 할 뿐, 할 말을 잃고 두 사람을 멍하니 바라보았다.

2

그건 전혀 예상하지 못했던 상황이었다. 아야노가 그런 이야기를 하리라고는 생각하지 못했던 것은 물론이고, 유키가 그런 식으로 질문을 던질 줄도 몰랐다.

유키와 10년 이상 알고 지내온 미나미도 유키가 그렇게 질문하는 것은 처음 보았다. 전혀 몰랐던 유키의 모습이었다.

아야노가 돌아간 뒤 병실에 남은 미나미와 유키는 방금 마친 병문안 면담에 관해 서로 감상을 이야기했다.

유키는 자기 방식을 몇 번이나 반성했다.

"나 스스로도 깜짝 놀랐어."

유키가 말했다.

"그런 소리를 할 생각은 없었는데……."

유키는 아야노에게 상처가 될 거라는 사실을 알고 있기에 '우등생' 소리를 할 생각은 전혀 없었다. 그런데 그만 불쑥 튀어나오고 말았다고 한다.

"나름대로 최선을 다하려고 하다 보니까 필사적이었던 것 같아. 내게 맡겨진 일이기 때문에 어떻게든 내 몫을 하고 싶었어. 무슨 일이 있어도 아야노의 속마음을 끄집어낼 생각이었지. 그러다 보니 그만 그런 소리를 하게 된 것 같아. 정신을 차리니 내가 이미 그렇게 행동하고 만 거야."

"너무 자책할 일은 아니야."

미나미가 말했다.

"나도 좀 놀랐지만, 그래도 결과적으로는 아야노도 이해를 해주었잖아? 진심을 이야기해주었잖아? 나는 잘된 일이라고 생각해. 이번 일이 계기가 되어 아야노도 자기 마음을 좀 더 드러낼 수 있게 되지 않을까?"

"그렇게만 된다면 다행이지만……."

유키는 그날 헤어지기 전까지 자기 행동이 지나쳤다면서 반성했다.

하지만 결과는 미나미가 예상했던 그대로였다. 아야노의 태도는 그날부터 조금씩 변하기 시작했다. 미나미가 무얼 물어보더라도 "예? 아, 예" 하는 대답뿐만 아니라 내용이 있는 제대로 된 답변을 하게 된 것이다.

아야노를 시작으로, 미나미와 유키는 부원들에 대한 병문안 면담을 여름방학 동안 계속 이어 나갔다. 그리고 놀라운 성과를 거두었다. 두 사람은 지금까지 상상할 수도 없었던 부원들의 알려지지 않은 모습을 계속 이끌어냈다.

예를 들면 주장인 호시데 준은 야구부에 들어온 이유를 이렇게 설명했다.

"난 내 실력이 어디까지인지 확인하기 위해 야구부에 들어왔어."

준은 야구부에서도 돋보이는 존재였다. 고시엔 대회에 단골로 출전하는 학교의 주전 선수와 비교해도 손색이 없을 정도의 실력이었다. 실제로 중학교 때는 여러 명문 사립고에서 스카우트하려고 경쟁을 벌였다. 하지만 그런 손길을 뿌리치고 남들과 똑같이 입시를 치러 호도고에 진학했다.

그 이유에 대해 준은 다음과 같이 이야기했다.

"야구를 계속해서 프로야구 선수가 되는 것에서 리얼리

티를 발견할 수 없었던 거지."

준은 '리얼리티'라는 표현을 여러 차례 사용했다.

도저히 불가능하다고는 생각하지 않지만 프로야구 선수가 될 만한 그릇도 못 되고, 야구 선수로 진학하는 것보다 장래를 내다보면 평범하게 공부해 진학하는 편이 더 나을 수도 있다, 이렇게 생각해 호도고를 선택했다는 것이다.

하지만 막상 호도고에 와보니 슬며시 후회가 되었다.

야구로 사립고에 진학했더라면 나는 어디까지 해낼 수 있었을까?

그런 궁금증이 자꾸만 고개를 들었다. 그래서 그 의문을 해결하기 위해 야구부에 들어갔다는 것이다. 야구부에서 실력을 갈고닦아 자신이 얼마만 한 그릇인지를 확인하려고 했다는 이야기다.

그래서 준은 누구보다 열심히 연습에 임했다. 야구부에 들어가자마자 주전 선수로 뛰기 시작했고, 누구나 인정하는 에이스가 되었다. 그리고 이제는 주장을 맡고 있다.

하지만 준은 그게 또 다른 고민이기도 하다고 털어놓았다.

"내 실력을 확인하려고 하는 야구인데 다른 선수들까지 신경 써야 하는 주장을 맡고 보니 솔직히 부담이 돼."

그래서 지금과 같은 상태로는 둘 다 소홀해질 것 같아 걱정이라며 될 수 있으면 주장 역할은 그만두고 싶다고 했다.

호시데 준의 그런 모습은 미나미와 유키가 전혀 모르고 있던 면이었다. 사람 됨됨이가 진지하고 성실한 그가 주장 역할에 그토록 큰 부담을 안고 있을 줄은 미처 생각하지 못했다. 하지만 한편으로 미나미는 그런 말들이 이해가 되었다. 지금까지 보여준 그의 서먹서먹한 태도는 바로 이런 이유 때문이었구나, 하는 생각이 들었다.

주전 외야수에 구쓰키 후미아키(朽木文明)란 2학년 학생이 있는데, 그도 미나미와 유키를 깜짝 놀라게 만들었다.

후미아키는 자기가 주전 선수라는 사실 때문에 무척 고민하고 있다고 했다. 그는 타격 성적이 주전 선수 가운데 가장 좋지 않았다. 배팅뿐만이 아니었다. 수비도 그다지 뛰어나지 않았다. 그런데도 주전 선수가 된 것은 오로지 발이 빠르다는 이유 하나뿐이었다.

후미아키는 야구부에서 최고의 준족을 자랑한다. 그것도 어중간한 속도가 아니다. 학교에서 체력 측정을 할 때 육상부 부원들을 물리치고 최고 속도를 기록한 적도 있다. 덕분에 2학년이 되면서 자동적으로 주전 선수 자리가 주어졌다. 시합에서는 도루를 자주 시도하는 등 빠른 발을 살려 팀의 승리에 공헌한 적도 있다.

다만 타격이 좋지 않아 진루할 기회 자체가 매우 적었기 때문에 그런 활약상을 보기란 쉽지 않은 일이었다. 그게 후미아키의 열등감으로 작용해 요즘은 심각하게 고민하고 있다는 이야기였다.

병문안 면담을 하러 왔을 때 후미아키는 이렇게 말했다.

"차라리 야구부를 그만두는 게 낫지 않을까, 하는 생각을 해. 나보다 주전 선수에 더 적합한 녀석이 있거든. 난 발 빠른 것 이외에는 아무런 장점이 없잖아. 그래서 이번 기회에 아예 야구부를 그만두고 육상부로 갈까, 하는 생각도 해. 실제로 육상부에 들어오라는 권유도 있고. 그렇게 하는 게 나도 속이 후련할 것 같아서."

미나미와 유키는 주전 선수라는 사실이 고민인 부원이 있을 거라고는 전혀 생각지 못했기 때문에 후미아키의 이야기를 듣고 깜짝 놀랐다.

1학년인 사쿠라이 유노스케(桜井祐之助)에게서도 전혀 모르고 있던 면을 발견했다. 유노스케는 야구가 좋아지지 않아 고민하고 있다고 털어놓았다.

유노스케는 야구를 좋아하는 집안의 셋째 아들로 태어나 어려서부터 당연하다는 듯이 야구를 해왔다. 그런 가운데 실력이 늘어 초등학교 때부터 내내 주전 선수로 뛰어왔다. 특히 유노스케의 야구 감각은 매우 뛰어나 부원들 가운데 1, 2위를 다툴 정도였다. 호도고에 들어와서도 마찬가지였다. 여름 대회 때는 1학년인데도 6번 타자에 유격수를 맡아 늘 선발 출장했다.

하지만 요즘 들어 '나는 한 번도 야구가 재미있다고 생각한 적이 없다'는 사실을 깨달았다고 한다. 여태까지 야구는 당연히 해야 하는 일로 여겨왔는데 여름 대회에서 저지른 실책을 계기로 그 문제에 대해 깊이 생각하게 되었다는 것이다.

여름 대회에서 투수인 게이치로가 교체된 계기가 된 실책을 저지른 선수가 바로 유노스케였다. 그때 유노스케는 처음으로 큰 좌절감을 맛보았다. 자신의 실수 때문에 시합에서 졌을 뿐만 아니라 야구부에 불협화음까지 일으켰기 때문이다.

유노스케는 그 일이 있은 뒤에야 비로소 '나는 왜 야구를 하고 있는 걸까?' 하는 생각을 하게 되었다. 그런데 야구를 하는 이유를 한 가지도 찾아낼 수 없었다. 그래서 야구를 계속하는 것에 회의를 느끼게 되었고, 야구부 활동도 도통 재미없어졌다.

그런 고민을 하면서도 유노스케가 야구부를 그만두지 않는 것은 나름대로 꺼려지는 면이 있기 때문이라고 한다. 어려서부터 줄곧 해왔기 때문에 이제 야구는 자신의 유일한 특기처럼 느껴졌다. 그 하나뿐인 특기마저 포기하면 자신에게는 아무것도 남지 않는 게 아닐까, 하는 불안감이 있다는 것이다.

부원들은 하나같이 크고 작은 몰랐던 면모를 지니고 있었다. 미나미와 유키는 병문안 면담을 통해 부원들의 그런 고민들을 꼼꼼하게 끄집어냈다.

3

병문안 면담에서 맨 나중에 병실을 찾아온 사람은 에이스인 아사노 게이치로였다. 미나미는 게이치로가 마지막에 오도록 순서를 조정해두었다. 그 까닭은 게이치로와 면담하기가 가장 까다로울 거라고 예상했기 때문이다.

지금 야구부에서 일어나고 있는 불협화음의 원흉은 게이치로였다. 그의 반항적인 태도가 부 전체에 악영향을 미치고 있었다.

그런 게이치로에게서 속마음을 끌어내기란 매우 어려울 거라고 생각했다. 그래서 다른 부원들을 먼저 만나며 경험을 쌓고 난 뒤에 하려고 생각했던 것이다.

그런데 예상과는 달리 게이치로와의 면담은 매우 원활하게 진행되었다. 병실을 찾아온 그는 밝은 표정으로 여러 이야기를 숨김없이 속 시원하게 털어놓았다. 그뿐만 아니라 가끔 농담도 던져 미나미와 유키를 웃게 만들기까지 했다.

미나미는 맥이 빠졌다. 자신이 그동안 얼마나 겉모습만으로 사람을 판단했는가를 깨닫게 되었다. 게이치로에게만 해당된 이야기가 아니다. 부원들은 모두 대화를 나누기 전에는 상상도 못했던 모습들을 지니고 있었던 것이다.

게다가 부원들 대부분은 그런 이야기를 망설이지 않고

했다. 속마음을 끄집어내기 힘들었던 사람은 제일 먼저 면담한 아야노뿐이었다. 그 뒤로 만난 다른 부원들은 대부분 자진해서 적극적으로 이야기를 해주었다.

물론 유키가 상대방의 이야기를 잘 들어준 덕분이기도 했지만, 부원들 스스로도 속마음을 털어놓고 싶은 생각이 있었던 것이다. 게이치로도 마찬가지였다. 미나미는 병문안 면담을 하기 전까지만 해도 게이치로를 고집스럽고 까다로울 것이라고 생각하고 있었다. 하지만 막상 이야기를 나누어보니 그런 생각은 깨끗하게 사라졌다. 그는 묻는 말에는 뭐든 대답하며 아주 편한 태도를 보여주었다.

네거티브한 문제에 관해서도 마찬가지였다. 게이치로는 화제가 감독 이야기 쪽으로 흐르자, 표정이 흐려지더니 이렇게 말했다.

"그 감독 아래서는 야구를 할 수 없어."

게이치로는 주장인 호시데 준이 이야기한 대로 여름 대회에서 강판당한 일을 아직도 마음에 두고 있었다. 그 이전에도 감독에 대한 불만이 적잖이 있었는데, 그게 여름 대회 때 결정적으로 곪아 터진 것이다.

"그 선생은 감독 자질이 없어."

게이치로가 내뱉듯이 말했다.

"가치 감독은 선수들의 심정을 눈곱만큼도 몰라. 투수

의 심정이 어떤지 전혀 이해하지 못하지. 난 실책을 범한 유노스케를 원망한 적이 없었어. 오히려 감싸주려고 애를 썼지. 그런데 그 시합에서는 그게 역효과를 낸 거야. 유노스케의 실책 때문에 닥친 위기를 내가 막아내야겠다고 생각하다 보니 공을 던지는 어깨에 힘이 들어가 안타를 허용해 점수를 주고 만 거지. 유노스케에게 미안하다는 생각이 들었어. 그래서 분발해서 다시 정신을 차리고 공을 던지려고 마음을 가다듬었지. 그런데 바로 그때, 감독이 나를 교체시킨 거야. 그때 내 심정이 이해가 가니?"

게이치로는 병문안 면담의 나머지 시간 내내 감독에 대한 불만을 늘어놓았다. 그러다 보니 나중에는 마치 그의 푸념을 들어주는 꼴이 되고 말았다.

게이치로가 돌아간 뒤, 병실에 남은 미나미와 유키는 이번 병문안 면담에 대해 되돌아보았다. 유키가 먼저 입을 열었다.

"게이치로는 아직 어린애 같아. 아, 나쁜 뜻은 아니야. 게이치로가 순진하고 솔직하다는 이야기지. 그래서 자기 생각이나 마음이 고스란히 행동으로 드러나는 거야. 그게 밝은 화제일 때는 밝은 성격이라고 할 수 있지만, 골치 아픈 문제가 생기면 골치 아픈 성격이 되는 거지. 게이치로가 무뚝뚝하게 굴었던 것도 그런 마음이 그대로 드러났기 때문이야."

"그렇구나. 네 말이 맞아."

미나미는 고개를 끄덕였다.

"그래서 게이치로가 반항적인 모습을 보여도 주변 사람들이 주의를 주기 힘든 거야. 게이치로가 주변 사람들을 곤란하게 만들려고 심통을 부리는 게 아니라 그야말로 단순히 불만이 있어서 그런다는 걸 이해하기 때문에 뭐라고 할 수가 없는 거지."

"맞아, 맞아. 그래."

미나미는 늘 유키의 정확한 분석에 감탄하곤 했다. 그리고 늘 그런 마음을 솔직하게 전하려고 했다. 또 의문 나는 점이 있으면 물었고, 자기 의견이 있을 때도 확실하게 이야기하려고 했다.

그렇게 한 데는 이유가 있었다. 그건 《매니지먼트》에 적혀 있는 한 구절을 읽고 난 뒤부터였다. 《매니지먼트》에는 이렇게 적혀 있었다.

매니지먼트는 생산적인 일을 통해 일하는 사람들이 성과를 올리게 해야만 한다.

(57쪽, 제3장 일과 인간 - 10. 일과 노동)

'일하는 사람들이 성과를 올리게 한다'는 점은 매니지먼트의 중요한 역할이었다. 그래서 미나미는 '어떻게 하면 부원들이 성과를 올리게 할 수 있을까?'에 대해 줄곧 고민해왔다.

그런 가운데 우선 가장 가까운 존재인 유키의 성과를 올리게 하려고 했다. 그때 참고가 된 것은 역시 《매니지먼트》였다. 《매니지먼트》에는 이런 내용이 있었다.

하는 일에 초점을 맞추어야만 한다. 일을 제대로 해내지 못하면 안 된다. 그렇다고 일이 전부라는 이야기는 아니다. 하지만 일이 최우선이다.

(73쪽, 제3장 일과 인간 – 13. 책임과 보장)

그리고 무슨 일이나 '보람'이 필요하다고 하면서 그것을 주는 방법에 관해서는 이렇게 쓰여 있었다.

일한 보람을 느끼게 하려면 일 자체에 책임감을 갖도록 해야 한다. 그렇게 하려면 ①생산적인 일 ②피드백 정보 ③지속적인 학습이 필수적이다.

(74쪽, 제3장 일과 인간 – 13. 책임과 보장)

미나미는 이 내용을 참고하여 유키가 할 일을 설계해갔다. 먼저 유키가 할 일을 생산적인 일로 만들기로 했다.

그래서 매니지먼트에서 가장 중요한 일 가운데 하나인 '마케팅'을 유키에게 일임했다.

그다음에는 피드백 정보를 주었다. 면담을 마친 뒤 그 과정을 되돌아보고, 자기가 느낀 바를 평가와 함께 솔직하게 털어놓았다. 또 부원들이 면담을 통해 무엇을 느꼈는지 듣고는 그 내용도 모두 전해주었다.

마지막으로 미나미는 유키가 공부를 꾸준히 할 수 있도록 신경을 썼다. 그래서 《매니지먼트》를 읽도록 한 것은 물론, 어떻게 하면 부원들의 속마음을 더 잘 알아낼 수 있을지 함께 머리를 맞대기도 하고 다른 책도 읽도록 했다. 또 부모님이나 병원 직원들과도 의논하도록 권했다. 미나미는 이런 식으로 유키가 폭넓은 정보도 모으고 책임감도 느끼도록 했던 것이다.

그 효과는 생각보다 컸다. 예를 들면 유키는 아야노와 면담한 뒤에 질문하는 태도가 놀라울 정도로 바뀌었다고 털어놓았다. 그것은 책임감 때문이었다. 아야노가 돌아간 뒤 면담 과정을 돌이켜보면서 "내게 맡겨진 일이기 때문에 어떻게든 내 몫을 하고 싶었어"라고 말했듯이 책임감을 느낀 유키는 새로운 모습을 드러냈던 것이다.

이런 방식으로 진행된 '병문안 면담'은 큰 성과를 거두었다. 미나미는 자신의 매니지먼트 능력에 대한 자신감을 갖게 되었고, 동시에 《매니지먼트》라는 책에 대해서도 더욱 깊은 신뢰를 느끼게 되었다.

4

게이치로를 마지막으로 병문안 면담이 막을 내릴 무렵
에는 2학기가 코앞으로 다가와 있었다. 미나미는 매니지
먼트를 다음 단계로 발전시킬 궁리를 했다.

미나미가 착수한 일은 '매니지먼트의 조직화'였다. 그때
까지 혼자 하던 일을 팀을 구성해서 하기로 했던 것이다.
미나미는 특히 가치 감독을 그 팀에 참여시킬 수 있는 방
법이 없을까, 고민했다.

가치 감독은 야구부에서 가장 중요한 인물이라고 해도
지나친 말이 아니다. 야구부를 회사라고 생각한다면, 감
독은 중요한 사원이자, 소중한 고객이기도 하며 말 그대
로 매니저(감독)였다.

그런 가치 감독의 협조 없이는 고시엔 대회 진출은 물론
매니지먼트도 제대로 되지 않을 게 뻔하다. 그래서 미나미는
어떻게 하면 감독과 협력관계를 맺을 수 있을까, 궁리했다.
그 힌트가 될 만한 구절이 《매니지먼트》 안에 있었다. 그 책
에는 가치 감독과 매우 흡사한 인물에 관한 설명이 있었다.

그 인물은 '전문가'라는 단어로 불렸다. 《매니지먼트》에
는 이렇게 적혀 있었다.

　전문가에게는 매니저가 필요하다. 전문가에게는 자신의 지식
과 능력을 이용해 전체를 위한 성과를 거두는 일이 최대 과제다.
그래서 커뮤니케이션이 문제가 된다. 전문가의 아웃풋이 다른 사
람들에게 인풋되지 않으면 성과는 오르지 않는다. 전문가의 아웃
풋은 지식이고 정보다. 전문가가 무슨 말을 하고, 무엇을 하려는
것인지 이해하지 못하면 그의 아웃풋을 제대로 이용할 수 없다.
　전문가는 툭하면 전문 용어를 쓴다. 전문 용어 빼고는 말을
할 수도 없다. 다른 사람들이 그의 말을 이해해야 전문가는 비
로소 쓸모 있는 존재가 된다. 전문가는 자신의 고객인 동료가
필요로 하는 것을 공급해야만 한다.
　이러한 사실을 전문가에게 인식시켜야 할 사람은 바로 매니
저다. 조직의 목표를 전문가가 알아듣도록 번역해주고, 거꾸로
전문가의 아웃풋을 그의 고객인 동료들이 알아듣게 번역해주는
일 또한 매니저가 해야 할 일이다.

　　　　　　　　　　　　(125쪽, 제5장 매니저 – 21. 매니저란 무엇인가)

　이 부분을 처음 읽었을 때, 미나미는 거기 나오는 '전
문가'라는 인물이 가치 감독과 똑같아서 깜짝 놀랐다. 아

니, 이거 가치 감독의 이야기잖아? 하고 의심했을 정도다.

책에 적혀 있는 대로, 가치 감독이 안고 있는 문제는 바로 '커뮤니케이션'에 있었다. 감독은 그렇게 들어가기 힘들다는 도쿄대에 가서까지 야구를 했을 정도라서 야구에 관한 한 누구보다 많은 지식을 가지고 있었다. 미나미가 몇 차례 야구에 관해 질문을 한 적이 있는데, 감독은 그때마다 풍부한 지식을 바탕으로 엄청난 정보량이 담긴 답변을 했다.

하지만 미나미는 대부분의 경우 그 답변을 제대로 알아들을 수 없었다. 그건 감독이 늘 '전문 용어'를 쓰기 때문이었다. 그것도 한 가지 전문 용어가 아니었다. 두 가지 전문 용어가 뒤섞여 있었다. 하나는 야구 전문 용어, 또 하나는 수재들이 사용하는 어려운 단어들. 그러다 보니 더욱 이해하기 힘들었다.

이로 인해 가치 감독의 아웃풋은 조직에 인풋되지 않아 성과와 연결되지 못하는 상태였다. 감독은 자신에게 고객인 부원들이 필요로 하는 것을 전혀 제공하지 못하고 있었다. 그뿐만이 아니었다. 부원들의 욕구, 즉 고객의 수요마저 전혀 파악하지 못했다. 그래서 여름 대회 때 '게이치로 사건'이 발생한 것이다.

《매니지먼트》에 이런 내용이 있었다.

바꿔 말하면 전문가가 자신의 아웃풋을 다른 사람들의 업무에 활용하기 위해 의지해야 할 사람이 매니저다. 전문가가 제 역할을 하기 위해서는 매니저의 도움이 필요하다. 하지만 매니저는 전문가의 윗사람이 아니다. 도구이자 가이드이며 마케팅 에이전트다.

거꾸로 전문가는 매니저의 상사가 될 수 있고, 상사가 되어야만 한다. 교사이고 교육자여야만 한다.

(125쪽, 제5장 매니저 - 21. 매니저란 무엇인가)

이 대목을 읽고 미나미는 깜짝 놀랐다.

가치 감독은 실제로도 우리에게 '교사이고 교육자'잖아!

그래서 미나미는 가치 감독을 위한 '통역'이 되는 것, 즉 조직의 목표를 전문가의 용어로 번역하거나, 전문가를 위한 '도구, 가이드, 마케팅 에이전트'가 되기도 하는 것이 자신의 역할이라고 확신했다.

여름방학이 끝나갈 무렵, 미나미는 가치 감독에게 유키와 함께 병문안 면담에 관한 보고를 하고 싶다는 핑계로 병원에 들러달라고 부탁했다.

미나미는 부원들에게서 들은 고민과 그들의 희망사항을 전달할 작정이었다. 특히 게이치로에 관해 이야기하고 싶었다. 여름 대회에서 강판당한 게이치로가 어떤 심정이었는지, 그리고 지금 그 일을 어떻게 생각하고 있는지 등 그런 이야기들을 하고 싶었던 것이다.

2학기가 시작되기 하루 전인 8월 31일, 미나미는 가치 감독과 함께 유키의 병실을 찾았다.

먼저 유키가 병문안 면담에 관해 보고했다. 유키는 부원들로부터 들은 이야기, 그들이 느끼는 현실, 욕구, 가치 등을 가능한 한 정확하게 전달했다. 이어서 미나미가 게이치로 이야기를 꺼냈다. 여름 대회 때 게이치로가 생각했던 것, 투수 교체 때 느낀 점은 물론이고 그 밖에도 야구부나 감독에 대한 생각 등을 말해주었다. 물론 게이치로의 거친 표현을 그대로 쓰지는 않았지만 될 수 있으면 에두르지 않고 솔직하게 전달하려고 했다.

그러자 가치 감독은 이렇게 말했다.

"난 여태 게이치로가 그렇게 생각하고 있을 줄 몰랐어."

감독은 의아한 표정을 지으며 말을 이었다.

"그 녀석이 오히려 유노스케가 저지른 실책 때문에 마음이 상해서 바꿔주기를 바라는 줄 알았어. 그래서 내가 바꾸는 것도 괜찮겠다고 생각해 교체했을 뿐인데."

미나미는 깜짝 놀랐다.

"예? 아니, 그 뒤로 게이치로는 내내 삐딱하게 행동하며 연습도 성실하게 하지 않았잖아요?"

"아니, 뭐야? 그 녀석은 예전부터 태도가 그렇지 않았던 가? 난 삐딱하게 행동하는 줄도 몰랐는데."

미나미는 감독의 말을 듣고 어이가 없었다. 아무리 부원 과 거리를 두었다지만 어떻게 이렇게 둔할 수가 있는가. 미나미는 자신도 둔하다고 여기고 있었는데, 이제 보니 가 치 감독에 비하면 상대도 되지 않았다.

하지만 이런 상태라면 오히려 문제 해결은 더 쉽겠다는 생각이 들었다. 게이치로의 심정을 헤아리지 못해서 문제 가 꼬인 거라면 그걸 해소하면 간단하게 해결될 것 아닌가.

그래서 미나미는 가치 감독에게 이런 제안을 했다.

"감독님, 일단 게이치로하고 대화를 나눠주시겠어요? 감독님이 지금 말씀하신 내용을 게이치로도 알아야죠. 그 러면 오해가 풀려 기분 좋게 연습에 참여할 것 같은데요."

하지만 감독은 잠시 생각에 잠기더니 표현을 고르듯 느 린 말투로 이렇게 대답했다.

"아니, 그게 과연 좋은 방법일까? 네가 무슨 말을 하려는 건지는 이해했어. 분명히 그 문제에 오해가 있었던 것 같아. 나도 힘이 닿지 않고 부족한 게 있었어. 그건 인정하지."

그러더니 묘하게 쌀쌀맞게, 자기 문제가 아니라는 듯한 말투로 이렇게 말을 이었다.

"하지만 그런 문제를 게이치로와 내가 직접 이야기하는

게 과연 좋은 방법일까? 내가 이야기를 해도 녀석이 좋게 받아들이지 않는 거 아니야? 그러면 공연히 관계가 더 꼬일지도 몰라. 네가 게이치로에게 전달한다면 몰라도 내가 직접 이야기한다는 건 썩 내키지 않는구나. 그게 꼭 좋은 방법이라는 생각은 안 들어."

결국 감독은 이런 식으로 여러 가지 이유를 내세워 게이치로와 대화해달라는 미나미의 부탁을 거절했다.

가치 감독이 돌아간 뒤에 가진 반성회 시간은 병문안 면담이 시작된 이래 가장 어두웠다.

"이러니저러니 하지만 결국 대화를 나누기가 두려운 거야."

이날은 드물게 미나미가 먼저 입을 열었다.

"변명을 늘어놓으며 꽁무니를 내빼고 있을 뿐이야."

"분명히 그런 것 같아."

유키도 맞장구쳤다.

"게다가 저런 태도가 게이치로를 더 고집스럽게 만든 측면도 있는 거지. 그 애는 그래 보여도 순수한 면이 있으니까 잘 이야기하면 받아들여줄 텐데. 안타깝네."

"그래, 맞아. 우리가 대신 전달하면 오히려 역효과가 날 거야. '왜 그런 이야기를 직접 하지 않는 거냐'고 하면서 더 반항적으로 나오겠지."

그래도 미나미는 결국 '통역'은 매니저의 중요한 일 가운데 하나라는 걸 알고 있기에 게이치로에게 감독의 이야기를 전달했다.

게이치로는 겉으로는 그 이야기를 고분고분 듣고 있었다. 하지만 그걸 어떻게 받아들였는지 도대체 알 수가 없었다. 미나미의 이야기를 다 듣더니 기껏해야 "아, 그래?"라는 말만 했을 뿐 그 뒤로 아무 말도 하지 않았기 때문이다.

4장

미나미,
감독의 통역이 되다

1

여름방학이 끝나고 2학기가 시작되었다.

새 학기를 맞이하자마자 '가을 대회'로 불리는 추계 도쿄도 고교야구대회가 시작되었다. 가을 대회는 미나미가 야구부에 들어와 처음 치르는 공식전이고, 이듬해 봄 고시엔 대회로 이어지는 중요한 경기였다. 당연히 미나미도 긴장감이 높아졌다.

하지만 그와는 반대로 야구부에서는 긴장감이라는 걸 찾아볼 수 없었다. 대회가 닥치자 여름방학 직전처럼 대부분의 부원들이 연습에 나오지 않는 일은 없어졌지만 여전히 이가 빠진 듯이 연습에 참여하지 않는 선수들이 몇 명씩 있었다.

중요한 선수라고 할 수 있는 아사노 게이치로까지 계속 훈련에 나오지 않고 있었다. 미나미는 기다리다 못해 한 차례 교실 앞에서 지키고 서 있다가 그 이유를 물어본 적이 있었다. 그러자 그는 몸에 기운이 있느니, 없느니 하며 무슨 뜻인지 알아들을 수 없는 말을 중얼거리며 훈련에 나오려 하지 않았다.

그런 상태로 눈 깜짝할 사이에 일주일이 지나고 첫 시합 날을 맞이하게 되었다. 이 시합의 선발 투수로 지명되었던 선수는 게이치로였다. 미나미는 착잡한 심정으로 시합을 지켜보았다.

연습에 거의 나오지 않은 게이치로가 선발 투수로 마운드에 오른다는 사실에 적잖이 당황했다. 야구부에는 니이미 다이스케(新見大輔)라는 1학년 투수가 있다. 다이스케는 연습 때도 성실하게 나왔으니 그를 기용하는 게 훨씬 낫고 공평하다고 생각했다.

그렇지만 이번 시합에서 게이치로를 기용하지 않으면 진짜로 야구부를 그만둘지 모른다는 걱정도 들었다. 물론 어쩔 수 없는 판단이라는 생각도 없지는 않았다.

그래서 미나미는 옆에 있던 아야노를 잡고 이렇게 투덜거렸다.

"쳇, 게이치로도 시합 때는 빼먹지 않고 나오네."

게이치로는 시합 때가 되자 당연하다는 듯이 나타났다.

하지만 미나미는 아예 시합도 연습 때처럼 나오지 않는 게 나을 텐데, 하는 생각을 했다.

그가 나오지 않았다면 거리낌 없이 다이스케를 선발 투수로 기용할 수 있고, 복잡한 생각도 할 필요가 없을 텐데.

게이치로를 선발 투수로 내세우는 데 대해서는 미나미뿐만 아니라 다른 부원들도 위화감을 느꼈던 모양이다. 성실하게 연습에 나왔던 부원들, 특히 포수인 가시와기 지로는 대놓고 말하지는 않았지만 시큰둥한 태도를 보였다. 이런 탓에 야구부는 시합을 하기도 전부터 분위기가 뒤숭숭해졌다. 하지만 막상 시합이 시작되자 게이치로는 멋진 투구를 보여주었다.

이날 맞붙은 상대는 호도고와 마찬가지인 평범한 도립 고등학교였다.

추계 도쿄 도 대회는 동부와 서부 모두 합해 250개 고교 이상이 참가해 24개 그룹으로 나뉘어 구역 예선을 치른다. 그 구역 예선에서 우승한 고등학교가 본선 토너먼트에 진출하게 된다. 그리고 그 본선 토너먼트에서 우수한 성적을 거둔 한두 학교를 선발해 이듬해 봄에 열리는 고시엔 대회에 출전시키는 시스템이었다.

고시엔 대회에 진출하려면 그야말로 멀고 험난한 길을 걸어야 한다. 우선 구역에서 우승해야 하는데, 그러려면 세 차례 이상 연속해서 이겨야만 한다.

1회전에서 허우적거린다면 '고시엔 대회 출전'은 말도 꺼내기 힘들다. 그런데 이날 게이치로는 거의 연습도 하지 않은 것치고는 꽤 괜찮은 피칭을 했다.

게이치로는 상대 팀을 6회까지 무실점으로 틀어막았다. 하지만 이쪽도 상대를 제대로 공략하지 못해 시합은 0 대 0인 상태로 7회 말, 상대편 공격을 맞이했다.

호도고에는 커다란 전환점이 된 이 시합을 나중에 돌이켜볼 때마다 미나미는 운명이란 참으로 불가사의하다는 생각을 한다. 7회 말에 야구부의 운명을 크게 바꾸는, 그 사건이 일어났던 것이다. 하지만 그때 호도고가 이미 점수를 낸 상태였다면 그런 일은 일어나지 않았을지도 모른다.

7회 말, 게이치로는 선두 타자를 출루시키고 말았다. 그것도 안타를 맞은 게 아니라 유격수를 맡고 있던 유노스케의 실책 때문이었다.

유노스케는 여름 대회 때도 실책을 범해 게이치로가 무너지게 만든 장본인이다. 그 실책이 불씨가 되어 게이치로는 강판을 당했고, 그 때문에 야구부 분위기가 뒤숭숭해진 것이다.

그런 당사자가 또다시 실책을 저지른 것이다. 야구부는 곧바로 숨이 막힐 것 같은 공기에 휩싸였다. 필드에서 수비를 하던 선수들뿐만이 아니었다. 벤치에서 지켜보고 있던 다른 부원들도 마찬가지였다. 다들 실책을 한 유노스케에게 위로의 말 한마디도 못 건네고 그저 멍하니 서 있었다.

매니저 자격으로 벤치에 앉아 있던 미나미는 유노스케를 바라보았다. 그는 멀리서 보기에도 알 수 있을 정도로 창백해진 얼굴로 고개를 숙이고 있었다.

미나미는 이어서 마운드에 있는 게이치로를 보았다. 하지만 그는 다른 부원들과는 달리 표정 변화가 없었다. 유노스케에게 위로의 말은 건네지 않았어도 안색이 창백해지거나 혹은 불만스러운 표정을 짓거나 하지는 않았다. 담담하게 다음 타자를 상대하고 있었다.

미나미는 게이치로가 전에 했던 말을 떠올렸다.

"난 실책을 범한 유노스케를 원망한 적이 없었어. 오히려 감싸주려고 애를 썼지."

분명히 지금도 그런 생각이겠지?

그런 생각이 들자 지금 이 순간은 크게 걱정할 상황은 아닌 것 같아 다소 안심이 되었다. 그런데 그때 예상 밖의 일이 일어났다. 게이치로가 도무지 스트라이크를 잡아내지 못하고 있었던 것이다.

게이치로는 다른 타자를 포볼로 내보내더니 그다음 타자도 걸어 나가게 만들어 노아웃에 만루를 만들었다.

그러자 가치 감독은 작전타임을 부르고 마운드에 전령을 내보냈다. 하지만 그게 역효과를 냈는지, 게이치로는 그 뒤로도 스트라이크를 잡지 못하고 계속해서 3명이나 포볼로 내보내 밀어내기로 3점을 내주고 말았다.

이런 지경이 되자 게이치로의 표정도 변하지 않을 수 없었다. 얼굴은 새빨갛게 달아오르고 화난 표정을 지으며 연신 어깨를 흔들거나 플레이트를 발로 고르곤 했다.

만약 미나미가 아무것도 모르는 상태에서 그런 모습을 보았다면, 그러니까 게이치로에게 마케팅을 하지 않았다면 분명히 이렇게 의심했으리라.

게이치로는 유노스케가 저지른 실책 때문에 화가 나서 마음이 흔들려 스트라이크를 잡지 못하게 된 거야.

그만큼 게이치로는 이전에 비해 태도가 크게 변했다. 옆에서 지켜보는 사람들 눈에는 이해할 수 없는 변화였다.

그렇지만 미나미는 게이치로가 절대 화가 난 게 아니라는 사실만은 알고 있었다. 이런 상황에서 게이치로가 어떤 생각을 하는지는 전에 이야기를 들었다. 그리고 그동안 면담이나 대화를 통해 게이치로의 성격을 어느 정도 이해하고 있었다. 그래서 그가 왜 스트라이크를 넣지 못하게 되었는지도 어렴풋이 짐작할 수 있었다.

분명히 게이치로는 이번에도 자기 힘으로 이 상황을 해결해보려고 애를 쓰다가 어깨에 힘이 들어갔을 거야. 그러다 보니 피칭이 점점 엉망이 되고 있는 거지. 어쩌면 다시 강판당하는 수모를 겪고 싶지 않다는 초조감 때문인지도 몰라. 그런 초조감이 스트라이크를 잡을 수 없게 만들었을 거야……

그런 생각이 들자 미나미는 벤치에서 그라운드를 지켜보고 있던 감독이 걱정스러워졌다.

여기서 또 게이치로를 교체하면 이번에는 그야말로 돌이킬 수 없을 정도로 균열이 생길 텐데.

그래서 미나미는 자신이 '통역' 역할을 해야 한다는 사실을 떠올리고 가치 감독에게 말을 걸었다.

2

"감독님."

"응?"

"게이치로 말이에요."

"응."

"게이치로가 지금……, 스트라이크를 넣지 못하고 있기는 하지만…… 그건 절대로……."

"심통이 나서 일부러 그러는 건 아니라는 이야기를 하려는 거지?"

"예?"

"저 녀석이 일부러 포볼을 내주는 건 아니라는 이야기 아니니? 그런 정도는 나도 안다."

"정말이요?"

미나미가 얼른 되물었다. 그렇지만 가치 감독은 별일이 아니라는 듯 어깨를 으쓱하며 이렇게 말했다.

"사실은 지난번에 네 이야기를 듣고 나도 좀 반성을 하고 물어보았어."

"물어보았다고요? 무얼요?"

"그러니까……, '투수의 심정'이라고나 해야 할까? 대학 시절에 에이스였던 녀석에게 전화를 걸어 물어보았지. 게 이치로는 내가 '투수의 심정을 모른다'고 했잖아?"

"예? 아, 예……."

"그 이야기를 듣고 맞는 말일지도 모르겠다는 생각이 들었어. 나는 초·중·고등학교는 물론 대학교에서도 내내 야수였고, 대개는 주전 선수가 아니었기 때문에 에이스는커녕 일반 투수나 주전 선수들의 심정 같은 건 사실 잘 몰랐지. 그래서 여러 가지를 물어보았어. '투수의 심정'이란 게 대체 어떤 건지."

"예."

"그 친구가 해준 말 가운데 한 가지 아주 인상적인 것이 있었지."

"……그게 어떤 말인데요?"

"응, 그건 '상대 타자를 포볼로 내보내고 싶은 투수는 이 세상에 단 한 명도 없다'는 거였지."

"예?"

미나미는 깜짝 놀라 소리를 질렀다.

"그 말은 지금 이 상황에 딱 어울리는 말이네요."

"그렇지. 나도 좀 놀랐는데, 그 녀석이 말하기를, 포볼이라는 건 어떤 투수에게나 가장 창피한 결과라는 거야. 그래서 포볼을 내주고 싶어 하는 사람은 없는데 주변 사람들에게는 아무래도 그렇게 보이지 않지. 그게 너무 괴로웠다는 이야기였어."

"……무슨 뜻이죠?"

"아, 타자를 포볼로 내보내면 벤치나 같은 팀 야수들까지 싸늘한 눈길로 바라본다고 하더구나. 그러면서 '맞혀 잡자' 라거나 '야수들을 좀 더 믿어라'라는 소리를 한다는 거지."

그때 포수인 가시와기 지로가 게이치로를 향해 소리쳤다.

"게이치로! 마음 편하게 먹어, 맞혀 잡자! 야수들을 믿어!"

미나미와 가치 감독은 무심코 서로 얼굴을 마주보았다.

"그런데 말이야."

가치 감독이 말을 이었다.

"투수가 특별히 삼진을 노리거나 수비수들을 믿지 않기

때문에 포볼을 내주는 게 아니라는 이야기야. 여러 가지 이유가 있는데, 어쨌든 본인은 절대로 포볼을 주고 싶지 않은데도 내줄 때는 도저히 어쩔 수 없기 때문이라는 거지."

"그런가요……?"

이런 이야기를 나누고 있는 중에도 게이치로는 타자를 계속 포볼로 내보내 점수는 0 대 6으로 벌어졌다. 이제 1점만 더 내주면 7점 차이로 콜드게임 패를 당하게 될 상황이었다.

"저, 지금 하신 그 말씀, 나중에 부원들에게 해주실 수 없나요, 감독님?"

미나미가 물었다.

"뭐?"

가치 감독은 의아한 표정으로 미나미를 바라보았다.

"어째서?"

"지금 포수인 가시와기 지로가 한 말을 들었기 때문은 아닌데요, 감독님이 지금 말씀하신 '투수의 심정'이란 걸 다들 모르는 것 같아서요. 그래서 게이치로는 지금 분명히 괴로울 거예요."

미나미는 지금 시합이 어떻게 풀리고 있는지는 아랑곳하지 않고 열심히 가치 감독을 설득하려고 했다.

"하지만 게이치로는 성격상 자기 입으로 그런 이야기를 할 수는 없을 거예요. 저 애가 저래 봬도 꽤 수줍어하는 구석이 있거든요. 스스로 그런 이야기를 하는 건 체면이 말이 아니라고 생각하겠죠. 그러니 감독님이 부원 모두에게 그런 이야기를 해주면 게이치로에게도 크게 도움이 될 거예요. 투수 심정을 선수들이 알게 되면 게이치로도 마음이 한결 가벼워지겠죠."

하지만 감독은 미나미의 말이 끝나자 시선을 피하며 묘하게 서먹한 표정으로 이렇게 말했다.

"아, 하지만 그건 좋은 방법이 아니라고 생각해."

감독은 마치 그라운드에서 일어나는 일들이 자기와는 아무런 상관도 없다는 듯 무표정한 얼굴로 바라보며 말을 이었다.

"지금 이 상태에서 불쑥 그런 소리를 하면 아마 다들 내가 게이치로를 감싸돌려고 하는 걸로 생각할 수도 있을 거야. 다른 사람들뿐만 아니라 게이치로도 그렇게 여길지 모르지. 그러니 좀 더 시간을 두고 다들 차분해졌을 때 자연스럽게 전달하는 게 낫겠다는 생각이 드는구나."

감독은 또 자기가 그 이야기를 지금 하지 않는 게 나은 이유를 두세 가지 더 댔다. 감독의 이야기를 들으며 미나미는 자신이 아무런 힘도 없다는 사실에 안타까워할 수밖에 없었다.

나는 감독님의 현실, 욕구, 가치라는 것을 아직도 끄집어내지 못했어. 그래서 감독님에게 뭔가 부탁을 드려도 그게 잘 통하지 않는 거야.

미나미는 표정에 드러내지는 않았지만 우울한 심정으로

가치 감독의 이야기를 듣고 있었다. 그리고 자기가 매니지먼트를 제대로 하고 있지 못하다는 사실 때문에 어지간해서는 빠지지 않는 자기혐오에 빠지고 말았다.

그러는 사이에 게이치로는 일곱 번째 밀어내기 점수를 내주었다. 결국 시합은 콜드게임 패로 끝나고 말았다.

3

시합이 끝난 뒤, 야구부는 버스를 타고 학교로 돌아왔다. 학교에서 시합에 대한 반성회를 겸한 회의를 하기 위해서였다. 공식적인 시합이 끝난 뒤에는 늘 학교에서 회의를 하는 게 관행이었다.

미나미는 학교로 돌아오는 길에 이미 기운을 차렸다. 시합 직후에는 감독과 이야기가 잘 통하지 않기도 했고, 내년 봄 고시엔 대회에 나갈 희망이 사라졌다는 사실에 쇼크를 받았다. 하지만 미나미는 계속 꿍꿍거리며 고민이나 하고 있을 성격이 아니었다. 돌아오는 버스 안에서 이미 다음 수를 궁리하고 있었다.

미나미는 아까 가치 감독이 한 말을 부원들 전체에게 들려주고 싶었다. 그것도 한시바삐 해주는 편이 나을 거라고 생각했다. 특히 게이치로가 있는 자리에서. 그렇게 하지 않으면 왠지 안 될 것만 같았다. 뭔가 소중한 것을 잃어버릴 것 같은 기분이 들었다.

그래서 미나미는 궁리 끝에 버스 옆자리에 앉은 아야노에게 귓속말을 건넸다.

"이제 학교에 도착하면 회의가 시작되겠지?"

"예? 아, 예."

"그때 날 좀 도와주면 좋겠는데."

"예?"

아야노는 늘 그러듯 깜짝 놀란 표정을 지으며 미나미를 바라보았다.

"제가 말인가요?"

"그래. 이건 너밖에 들어줄 수 없는 부탁이야."

"예? 아, 예. 그게……, 뭔데요?"

"기회를 봐서 내가 발언할 테니까 거기에 대한 의견을 제시해줘."

"예? 아……, 예. 의견……이라고요?"

"그래, 내가 손을 들고 '게이치로는 일부러 포볼을 내준 거 아닌가요?'라고 사람들 앞에서 발언할 테니 네가 '그렇지 않다고 생각합니다'라는 의견을 내놓으면 좋겠어."

"예에?"

미나미의 계획은 이러했다.

틈을 보아 미나미가 손을 들고 "오늘 시합에서 게이치로는 유노스케의 실책 때문에 화가 나서 일부러 포볼을 던진 거 아닙니까? 그렇지 않고서야 어떻게 갑자기 연속해서 밀어내기로 점수를 줄 수 있겠습니까"라고 발언한다.

그러면 아야노가 "그렇지 않습니다"라고 이야기해주어야 하는 것이다. 그렇게 하면 아까 가치 감독이 이야기한 "포볼을 내주고 싶어 하는 투수는 이 세상에 한 명도 없다"는 말을 여러 부원들이 있는 데서, 게이치로가 있는 데서 나오게 할 수 있다.

물론 그게 얼마나 치졸한 방법인지는 미나미도 잘 알고 있었다. 자칫하면 우스꽝스러운 연극이 되어 야구부 전체가 썰렁한 분위기가 될지도 모른다.

하지만 미나미는 그렇게 되더라도 상관없다고 생각했다.

아무것도 하지 않는 것보다 그래도 시도해보는 편이 낫지. 그리고 더 이상 아이디어가 떠오르지 않으니 지금 내겐 이게 최선책이야.

미나미의 말을 들은 아야노는 그 취지를 바로 이해했지만 자기가 그 역할을 제대로 해낼 수 있을지, 어떨지에 관해서는 크게 불안해하는 기색이었다.

하지만 아야노가 아니면 할 수 없는 일이라고 하면서,

미나미 자신은 물론 야구부 부원들 모두에게 도움이 되고 유노스케, 감독, 그리고 누구보다 게이치로에게 힘이 될 거라고 하자 결국 "알았습니다" 하며 살짝, 하지만 힘주어 고개를 끄덕였다.

학교에 도착하자마자 바로 회의가 시작되었다. 회의는 늘 빈 교실을 이용했고 주장이 사회를 보게 되어 있다. 그리고 주장이 시합 전체를 정리하면서 회의를 시작하도록 되어 있었다.

그렇지만 회의를 진행하는 주장 호시데 준은 오늘의 시합을 아주 간단하게 정리하고 말았다.

"에……, 오늘은 안타깝게도 콜드게임으로 졌습니다만, 아쉬운 한 판이었습니다. 이상입니다."

그렇지 않아도 썰렁한 분위기였던 교실 안은 공기가 더욱 싸해졌다.

주장은 자기 바로 옆, 교실 제일 앞쪽 창가 자리에 걸터앉아 있던 가치 감독에게 이렇게 말했다.

"그럼 감독님, 부탁드리겠습니다."

주장 다음에는 감독이 총정리를 할 차례다.

하지만 감독은 이야기하기 어색하다는 표정을 지으며 자리에서 일어나지도 않았다. 그러다 결국 마음을 굳힌 듯 천천히 일어서더니, 부원들 쪽을 돌아보고 들릴락 말락 할 정도의 작은 목소리로, 하지만 빠른 말투로 이야기하기 시작했다.

"지금 주장도 이야기했듯 오늘 시합은 괜찮은 시합이었다고 생각한다. 조금만 더 일찍 점수를 낼 수 있었다면 전혀 다른 결과가 나왔을지도 모르지. 그게 좀 아쉽구나. 하지만 지난 일이니 그런 가정을 전제로 하는 이야기는 소용없다. 다들 오늘 잘해주었다고 생각한다. 또 오늘 시합에서 반성해야 할 점도 몇 가지 발견했을 것이다. 그러니 이번 경험을 거울삼아 내년 여름을 목표로 해서 다시 새로운 기분으로 뛰도록 하자."

그러더니 바로 자리에 앉아 팔짱을 끼고 또다시 남의 일을 구경하는 듯한 표정을 지었다.

"……그럼 뭔가 의견이 있는 사람?"

주장이 이번에는 교실 여기저기 흩어져 앉아 있는 부원들을 둘러보았다.

미나미와 아야노는 교실 제일 뒤 복도 쪽, 즉 감독으로부터 가장 멀리 떨어진 자리에 앉아 있었다. 미나미는 잠시 부원들의 모습을 살폈지만 아무도 발언하려는 사람이 없어 아야노에게 눈짓으로 신호를 하고 작전 실행에 들어가려고 했다.

바로 그때였다. 손을 드는 부원이 있어 주장이 그 부원을 지명했다.

"아, 발언하세요."

손을 든 사람은 가시와기 지로였다. 자리에서 일어선 지로는 차분한 말투이기는 했지만 화가 나서 떨리는 목소리로 이렇게 말했다.

"저…… 저는 이제 게이치로가 던지는 공을 받고 싶지 않습니다."

그 말에 교실은 대번에 긴장된 분위기가 감돌았다. 그런 가운데 지로의 낮은 목소리가 다시 들려왔다.

"에러는……, 실책은 누구나 합니다. 분명 그때는 까다로운 상황이었죠. 0 대 0으로 긴박했으니까요. 그러니 실책이 나와 집중력이 떨어지는 건 어쩔 수 없는 일이라고 봅니다. 그리고 유노스케가 두 번째 그런 실수를 했으니 화가 나는 심정도 이해 못할 바는 아닙니다."

"아, 그게……."

미나미는 무심코 소리를 질렀지만 지로는 아랑곳하지 않고 말을 이었다.

"하지만……, 아무리 그래도 그렇지, 일부러 포볼을 내주다니. 저는 절대로 받아들일 수 없습니다."

지로는 낮고 차분한 음성으로 말했다. 하지만 내뱉는 듯한 그 목소리에는 분노가 담겨 있었다.

"게이치로는 야구를 모독했습니다. 아무리 화가 났다고

해도 일부러 팀을 패배하게 만들다니, 있을 수 없는 일입니다. 애당초 연습에도 제대로 참가하지 않았는데 선발 투수로 나선다는 게 우스운 일입니다. 물론 우리 팀 최고 투수일지는 모르겠지만 야구란 실력만 가지고 하는 게 아니죠. 에이스라면 역시 그만한 책임감이 있어야 합니다. 그런 책임감이 없는 녀석이라면 던질 자격이 없습니다. 어쨌든 저는 게이치로가 던지는 공을 다시는 받지 않을 겁니다."

그 말을 듣고 미나미는 아야노에게 얼른 귓속말을 했다.

안 되겠다. 계획을 변경해야겠어.

미나미가 먼저 발언할 테니 바로 뒤이어 아야노가 이야기해달라고 부탁했다. 좀 전에 세운 계획과는 달리, 미나미가 지로의 발언에 반론을 제기하고, 아야노도 미나미의 주장을 지지해달라는 이야기였다. 즉, 포볼을 일부러 내준 것은 아니라고 이야기하자는 생각이었다.

아야노가 고개를 끄덕이자 미나미는 앞을 향해 손을 들고 발언하려고 했다.

그때였다.

갑자기 교실에 큰 소리가 울려 퍼졌다.

"그런 투수는 없어!"

미나미는 깜짝 놀라 교실 안을 둘러보았다.

처음에는 게이치로가 소리친 줄 알았다. 하지만 아무래

도 게이치로는 아닌 것 같았다. 부원들은 다들 게이치로가 아닌 다른 쪽을 바라보고 있었다. 교실 제일 앞쪽 창가 자리에 있던 가치 감독이 어느새 자리에서 일어나 있었다.

감독이 말했다.

"포, 포볼을 내주고 싶어 하는 투수는, 이, 이 세상 어디에도 없다!"

가치 감독은 말을 더듬으면서 교실 밖까지 들릴 정도의 큰 목소리로 소리쳤다. 그리고 깜짝 놀라 아무 말도 하지 못하는 부원들을 마치 노려보듯 둘러보더니 '훅훅' 거친 숨을 내쉬며 마지막으로 이렇게 이야기했다.

"……포, 포볼을 일부러 내주는 투수는, 우, 우, 우리 팀에는 한 명도 없다!"

그러더니 다시 팔짱을 끼고 자리에 털썩 주저앉았다.

시간이 얼마나 흘렀을까, 아무도 발언하지 않았다. 의자에 앉은 가치 감독도, 회의를 진행하던 주장도, 아직 서 있는 지로도, 그리고 다른 부원들도. 물론 미나미와 아야노도 말없이 숨을 죽인 채 상황을 지켜보았다.

그때였다. 작지만 날카롭게 흐느끼는 소리가 들려왔다. 이어서 훌쩍거리는 소리가 들려왔다. 그 목소리의 주인은 바로 게이치로였다. 그가 자리에 앉은 채 어깨를 떨며 울고 있었다.

아무도 말이 없었다. 부원들 모두가 숨을 죽이고 그 자리에서 꼼짝도 하지 않았다. 한동안 게이치로의 울음소리만 교실 안에 흘렀다.

4

가을 대회를 계기로 야구부는 새로 태어났다. 그게 미나미의 계획대로 된 것은 아니지만 정말 완전히 새로운 뭔가로 바뀐 것이다.

특히 아사노 게이치로가 변했다. 완전히 다른 사람이 된 것 같았다. 무엇보다 매일 연습에 나오기 시작했다. 그렇게 빼먹더니 요즘은 매일 얼굴을 내밀었다. 그것도 지금까지 제일 일찍 나왔던 니카이 마사요시보다 먼저 나오기까지 했다. 그리고 말이 없어졌다. 밝은 성격에 이야기하기 좋아하던 게이치로가 묵묵히 연습에 몰두했다.

그런 게이치로를 보며 다른 부원들도 영향을 받았다. 다들 좀 더 열성적으로 변했다. 좀 더 진지해졌다. 잡담을 하거나 게으름을 부리는 일이 적어졌다. 미나미는 야구부에 들어오고 나서 처음으로 긴장감이라는 것을 느끼기 시작했다.

하지만 연습 내용은 지금까지와 크게 다를 바 없었다. 해오던 것을 담담하게 반복할 뿐인 단조로운 훈련이 이어지고 있었다.

그래서 부원들 사이에는 약간의 욕구불만이 쌓인 상태였다. 다들 뭔가 부족함을 느끼고 있었다. 모처럼 고개를 든 의욕을 풀어낼 곳이 없어 찜찜해하고 있었다.

그런 모습을 본 미나미는 지금이야말로 기회라는 생각이 들었다. 지금이 찬스다. 지금이 바로 '성장'을 도모할 때라는 확신이 들었다.

《매니지먼트》에는 이렇게 적혀 있다.

성장에는 준비가 필요하다. 언제 기회가 찾아올지 예측할 수 없다. 준비해두어야만 한다. 준비가 되어 있지 않으면 기회는 다른 곳으로 가버린다.

(262쪽, 제9장 매니지먼트의 전략 - 43. 성장의 매니지먼트)

준비는 되어 있었다. 이때를 위해 야구부란 무엇인가를 정의하고, 목표를 정하고, 마케팅을 해왔다. 병문안 면담을 실행해 고객인 부원들의 현실, 욕구, 가치를 끄집어내기도 했다.

또한 전문가인 감독의 통역이 되기도 했다. 부원들의 말을 감독에게 전달하고, 감독의 목소리를 부원들에게 전했다. 감독의 지식과 능력을 전체의 성과로 연결시키려고 애썼다. 감독의 아웃풋을 부원들에게 제대로 전달해 적용하려고 했다.

준비는 끝났다. 지금은 성장해야 할 때다.

그래서 미나미는 어느 날 가치 감독, 호시데 주장, 그리고 매니저인 호조 아야노를 불러 모아 임시 회의를 열었다. 거기서 미나미는 연습 방법을 바꾸자고 제안했다. 연습 방법도 미리 준비를 해두었다. 가을 대회가 끝난 뒤 곧바로 아야노에게 가치 감독과 의논해서 새로운 연습 방법의 뼈대를 만들도록 부탁해두었던 것이다.

미나미는 그 작업을 통해 아야노의 장점을 살리려고 했다. 지금까지 보아온 아야노의 장점은 머리 좋고, 학구열 높고, 고집스러운 반면 솔직한 것이다. 그런 것들을 감독과 협력하여 새로운 연습 메뉴를 만드는 데 활용하려고 했던 것이다.

사람들의 장점을 살린다!

요즘은 이 말이 미나미의 입버릇이 되었다. 하루 24시간, 어떻게 하면 사람을 제대로 활용할 수 있을지, 그것만 생각했다.

사람을 활용한다는 것은 매니지먼트의 중요한 역할 가운데 하나였다. 《매니지먼트》에는 이렇게 적혀 있었다.

사람을 매니지먼트한다는 것은 그 사람의 장점을 살리는 일이다. 사람은 약하다. 가련하리만치 약하다. 그래서 문제를 일으킨다. 절차와 여러 가지 잡무를 필요로 한다. 조직의 측면에서 보면 사람이란 비용이자 위협 요소이기도 하다. 하지만 일부러 비용을 부담하거나 위협을 감당하려고 사람을 쓰지는 않는다. 누군가를 고용하는 까닭은 그 사람이 지닌 장점이나 능력 때문이다. 조직의 목적은 사람의 장점을 생산으로 연결하고, 그 사람의 약점을 중화시키는 것이다.

(80쪽, 제3장 일과 인간 − 14. 사람은 가장 큰 자산이다)

처음 이 대목을 읽었을 때, 미나미는 눈이 휘둥그레졌다. 그때까지 '사람의 장점을 살린다'는 생각을 한 번도 해본 적이 없었기 때문이다. 인간이란 친한 친구 이외에는 번거롭고, 거추장스러운 존재라고 생각했었다.

하지만 《매니지먼트》에 있는 내용은 정반대였다.

사람이 최대의 자산이다.

(79쪽, 제3장 일과 인간 − 14. 사람은 가장 큰 자산이다)

자산!

미나미는 흥분했다. 지금까지 사람을 그렇게 생각한 적이 없었다. 예를 들면 1학년 여자 매니저인 호조 아야노는 다루기 까다로운, 번거로운 존재였다. 사실대로 이야기하면 제대로 다루지 못했다. 처음에는 부담스럽기까지 해 될 수 있으면 얽히고 싶지 않았다.

하지만 《매니지먼트》를 읽다 보니 생각이 바뀌었다.

우선 아야노의 장점에 눈길이 가게 되었다. 그녀의 장점만 찾게 되었다. 당연한 일이다. 왜냐하면 아야노의 장점을 활용하지 않으면 매니지먼트에 성공할 수 없기 때문이다!

그런 가운데 '머리 좋고, 학구열 높고, 고집스러운 반면 솔직하다'라는 장점을 발견했다. 그래서 이번에는 어떻게 하면 그 장점을 활용할 수 있을까, 어떻게 하면 그걸 조직의 생산에 연결할 수 있을까를 궁리했다.

그 답은 비교적 간단했다.

감독이다!

미나미는 바로 방법이 떠올랐다. 아야노의 장점을 감독과 연결하는 것이다. 감독인 가치 마코토는 이른바 '전문가'였다. 감독에게는 초등학교 때부터 대학에 이르기까지 오랜 기간 쌓아온 야구에 관한 엄청난 지식이 있다. 또 도쿄대를 나오고서도 고등학교 교사가 되어 야구를 계속하겠다는 뜨거운 정열도 지니고 있다.

하지만 그는 그걸 아웃풋할 수 있는 곳을 내내 찾지 못하고 있었다. 그 지식과 정열을 성과로 연결하지 못해 감독 자신도 힘들어하고 있었다. 그 아웃풋을 내놓을 곳으로 미나미는 아야노를 활용하기로 했던 것이다.

학교 시험에서는 늘 1등을 차지하는 수재인 아야노에게
는 남들보다 뛰어난 흡수력과 이해력이 있었다. 아야노라
면 감독이 지니고 있는 야구에 관한 엄청난 지식과 정열도
쉽게 흡수할 수 있으리라. 아야노라면 감독의 좋은 통역이
되어줄 것이다. 또한 좋은 학생이 될 것이다. 두 사람 모두
수재이니 서로 통하는 구석이 있을 것이다.

　그건 아야노가 가시적인 성과를 올리도록 해주기 위해
서였다. 아야노가 병문안 면담 때 이야기했던 '다른 사람
들에게 도움이 되고 싶다'고 한 욕구를 충족시켜주고, 동
시에 아야노가 지닌 장점을 살리는 일이기도 했다.

　감독과 함께 새로운 연습 메뉴를 짜게 만든 데는 그런 목적
이 있었다. 또 그때 미나미는 한 가지 요청을 했다. 그건 '부원
들이 연습에 나오고 싶어질 만한 메뉴를 짜달라'는 것이었다.

　야구부는 지금까지 연습에 나오건, 안 나오건 뭐라고 하
지 않는 분위기였다. 그래서 게이치로를 비롯한 여러 부원
들은 당연하다는 듯 연습을 늘 빼먹곤 했었다.

　다들 그건 규율이 없어서라거나 부원들의 의식이 낮기
때문이라고만 생각했다. 하지만 《매니지먼트》를 읽던 중
아주 기본적인 문제가 있다는 사실을 깨닫게 되었다. 그
건 야구 연습을 하는 데 있어 원래 이렇다 할 매력이 없다
는 거였다. 연습이 재미없으니 부원들이 빼먹는 것이다.

《매니지먼트》에서는 이렇게 말하고 있었다.

기업의 첫 번째 기능인 마케팅은 오늘날 너무도 많은 기업에서 제대로 이루어지지 않고 있다. 모두 말만으로 끝난다.

소비자운동이 이를 잘 말해준다. 소비자운동이 기업에 요구하는 것이 바로 마케팅이다. 그것은 기업에 고객의 욕구, 현실, 가치로부터 출발하라고 요구한다. '기업의 목적은 욕구의 충족'이라고 정의하라고 요구한다. 오랜 기간 마케팅에 대해 이야기는 해왔지만, 소비자운동이 강력한 대중운동으로 등장했다는 사실은 결국 마케팅이 제대로 실천되지 않았다는 말이다. 마케팅에 있어 소비자운동은 수치다.

(16~17쪽, 제1장 기업의 성과 - 2. 기업이란 무엇인가)

'소비자운동'이란 제품이나 서비스의 개선을 요구하고, 소비자가 기업에 영향을 미치는 행위를 말한다. 대표적인 것이 불매운동과 보이콧 등이 있다.

이 내용을 읽고 미나미는 깨달았다.

"부원들이 연습을 게을리한 것은 일종의 '소비자운동'이었어. 그들은 연습을 빼먹는, 즉 보이콧하는 것으로 훈련 내용 개선을 요구하고 있었던 셈이야."

그래서 미나미는 아야노에게 이렇게 부탁했다.

"지금까지의 마케팅을 살려서 부원들이 보이콧하지 않고 저절로 참가하고 싶어지는 매력적인 연습 메뉴를 만들어줘."

5장

미나미,
부원들의 장점을 살리다

1

감독님을 도와 새로운 연습 메뉴를 만들어달라는 미나미의 부탁을 받은 아야노는 "그렇게 중요한 일을 제게 맡겨도 되는 건가요?"라며 놀라워했다. 그리고 약간 겁을 먹는 듯 보였다.

내가 그런 일을 해낼 수 있을까? 고등학교에 올라와서 처음으로 야구부 매니저를 하는 거여서 야구를 제대로 알지도 못하는데, 그렇게 중요한 역할을 해낼 수 있을까?

하지만 동시에 그와는 다른 감정이 고개를 들었다.

그렇게 중요한 일을 내게 맡겨주다니⋯⋯.

그건 기쁨이었다. 책임 있는 일을 맡게 되었다는 기쁨이었다. 다른 사람들에게 도움이 될 수 있을 거라는 생각에 대한 큰 기대감도 있었다.

그래서 아야노는 가치 감독을 도와 연습 메뉴 작성에 착수했다. 야구부의 연습을 어떻게든 생산적인 것으로 만든다, 보람 있는 연습으로 만든다, 매력적인 연습 메뉴를 만들어 부원들이 스스로 참가할 수 있도록 한다. 이것이 아야노에게 주어진 과제였다.

아야노는 이 과제를 완수하기 위해 연습 메뉴를 어떻게 짜야 할지 궁리했다.

그때 힌트가 된 것이 있다. 가을 대회 전에 미나미가 한 말이었다.

"게이치로도 시합 때는 빼먹지 않고 나오네."

야구부 에이스였던 아사노 게이치로는 가을 대회가 열리기 전까지 연습을 자주 빼먹었지만 시합 때는 당연하다는 듯 나타났다. 또 게이치로뿐만 아니라 다른 부원들의 경우도 시합 때 나오지 않는 사람은 한 명도 없었다. 그건 시합이 그만큼 매력적이기 때문이리라.

그렇다면 그 매력을 연습에도 도입할 수 있지 않을까? 연습도 시합처럼 매력적인 것으로 만들 수 없을까?

아야노는 우선 '도대체 시합이 지닌 매력은 무엇인가?'를 분석하기로 했다. 그리고 감독과 둘이서 '시합에는 있지만 연습에는 없는 것'이 무엇인지를 놓고 고민했다.

그랬더니 몇몇 포인트가 떠올랐다. 두 사람은 그것을 바탕으로 검토를 거듭하고, 미나미와 유키, 그리고 다른 부원들의 의견을 들어 최종적으로 세 가지 요소로 좁혔다.

• 경쟁

시합에서는 다른 사람과 경쟁한다는 매력이 있다. 야구 시합 그 자체가 경쟁이기도 하지만 공격과 수비, 주루 플레이처럼 시합을 이루는 요소들도 제각각 경쟁이다. 다른 사람들과 다투고 싸운다. 그래서 긴장감과 재미를 느낄 수 있는 것이다.

한편 연습에서는 그런 면이 적다. 대부분 다른 사람들과 경쟁하기보다 오히려 자기 자신과의 싸움인 경우가 많았다.

• 결과

시합에서는 '결과가 나온다'는 매력이 있다. 한 타석 한 타석마다 안타를 쳐내느냐, 그러지 못하느냐 하는 결과가 바로바로 나온다. 시합 자체도 이기고 지는 결과가 분명하게 나온다. 그건 때론 잔인하기도 하지만, 그런 잔인함까지 포함해 승부가 또렷하게 갈린다는 사실이 시합이 지닌 매력이다.

한편 연습은 결과를 바로바로 확인하기 힘든 면이 있다. 예를 들면 혼자서 러닝을 하고 있을 때면 승부를 가릴 수 없다. 그래서 실력이 늘었는지, 어떤지 알기 힘들다. 그런 점이 연습에서 답답하게 느껴지는 부분이다.

• 책임

시합 중인 선수에게는 커다란 책임이 주어져 있다. 지금까지 게이치로의 모습을 지켜보면서 아야노는 선수들이 느끼는 책임감을 또렷하게 느낄 수 있었다.

게이치로가 시합 때면 당연하다는 듯 나타나는 데는 '내가 없으면 시합을 시작할 수 없을 거다'라는 책임감이 있었기 때문이다. 하지만 연습에서는 그런 책임감을 느끼기 힘들다. 부원들에게 '연습은 내가 없어도 할 수 있을 거다'라는 생각을 심어주는 면이 있다. 그래서 툭하면 빼먹을 수 있었던 것이다.

이상이 아야노와 감독이 분석한, 시합에는 있는데 연습에는 없는 요소였다.

이런 내용을 바탕으로 두 사람은 구체적인 연습 방법에 관해 의논했다. 문제는 세 가지 요소를 어떻게 연습에 도입하느냐 하는 것이었다. 연습을 통해 경쟁을 더 즐기고, 결과가 바로 나오고, 책임을 느낄 수 있는 것으로 만들어야 했다.

아야노는 한 가지 아이디어를 냈다. 그것은 연습에 '팀제'를 도입하는 것이었다.

지금 야구부에는 매니저를 제외하면 20명의 부원이 있는데 그 인원을 세 팀으로 나누어 서로 경쟁하게 만들면 어떨까?

예를 들어 달리기 연습이라면 그냥 뛰게 하는 것이 아니라 시간을 재서 비교하는, 즉 기록 경쟁을 시키는 것이다. 그리고 팀 단위로 순위를 낸다. 개인 기록이 팀의 결과에 반영되도록 하는 것이다. 그렇게 하면 각자 책임감을 느끼리라.

이 '팀제'를 중심축으로 삼아 아야노는 새로운 연습 방법의 뼈대를 정리했다. 아야노는 그 내용을 미나미에게 보여주었다. 미나미는 진심으로 감탄했다. 아야노가 고안해낸 새로운 연습 방법은 자기가 예상했던 것보다 훨씬 훌륭하게 만들어졌기 때문이다.

특히 '팀제'라는 아이디어에는 감탄하지 않을 수 없었다. 그 시스템을 통해 아야노와 감독이 찾아낸, 시합에는 있지만 연습에는 없는 세 가지 요소, '경쟁, 결과, 책임'을 동시에 도입할 수 있었기 때문이다.

뿐만 아니라 거기에는 가치 감독의 아이디어도 덧붙여져 있었다. 그것은 이 '팀제'로 하는 연습에서는 투수인 두 사람, 아사노 게이치로와 니이미 다이스케를 제외한다는 것이었다.

그 점에 관해서 감독은 이렇게 설명했다.

"투수는 야구에서 특별한 존재거든. '야구의 승패는 투수가 70%를 좌우한다'는 말까지 있어. 그래서 다른 부원들과 함께 훈련시키는 것보다 아예 별도 메뉴를 만들어 특별 취급하는 게 낫다고 생각해."

거기에는 두 가지 목적이 있었다.

하나는 원래 투수의 연습이 다른 야수들과는 크게 다르기 때문에 별도로 훈련하는 게 운영하기 더 편리할 거라는 점과, 또 하나는 그렇게 하는 게 게이치로와 다이스케에게 더 무거운 책임감을 느끼게 할 수 있다는 점이었다. 특별 취급 받는다는 사실을 통해 투수라는 책임의 무게를 느끼게 하려는 것이었다.

이렇게 해서 게이치로와 다이스케는 팀제 훈련에서 제외됐다. 나머지 18명은 6명씩 세 팀으로 나누어 훈련을 시작했다.

2

이 새로운 훈련 방법이 시작부터 잘 적용되었던 것은 아니다. 처음에는 여러 가지 문제가 발생했다. 훈련에 임하는 선수들은 당황하기도 했고, 관리 운영을 맡은 미나미를 비롯한 매니저들도 실수를 저지르거나 예상 밖의 사태가 일어나기도 했다.

하지만 부원들의 반발은 거의 없었다. 그건 가을 대회에서 맛본 뼈아픈 패배를 계기로 삼아 선수들 스스로도 뭔가 변화를 원하는 기운이 높아졌기 때문이다. 의욕에 불을 댕

겨주고 그 의욕을 불태울 곳을 찾고 있었다.

결국 준비가 되어 있었다는 이야기다. 미나미는 그런 상태에서 새로운 연습 방법을 도입했다. 그렇기 때문에 비록 처음에는 덜컹거렸지만 부원들은 적극적이고 호의적으로 새 연습 방법을 받아들여주었던 것이다.

특히 게이치로가 무척 적극적으로 변했다. 새로운 연습 방법을 도입하겠다고 발표한 날, 그때가 9월 하순이었는데 감독이 "투수 2명은 팀제에서 제외해 별도 메뉴로 연습시키겠다"고 하자 자부심이 가득 드러난 얼굴로 코를 벌름거리는 게이치로의 모습을 미나미는 놓치지 않았다. 그는 새로운 연습 방법이 도입되면서 점점 연습에 몰두하게 되었다.

게이치로는 다른 사람이 된 것 같았다. 전에는 연습에 나와서도 친구들과 잡담이나 하곤 했는데 요즘은 혼자서 묵묵히 연습을 했다. 한 달도 채 되지 않았는데 완전히 다른 사람이 되었다.

그런 게이치로를 보면서 미나미는 부원들의 현실, 욕구, 가치에 부응하는 것이 얼마나 큰 효과가 있는지, 매니지먼트의 역할이 얼마나 중요한지를 더욱 절실하게 깨닫게 되었다. 그 때문에 현재 상태에 만족하지 않고 지금 하고 있는 연습 방법을 좀 더 나은 방향으로 바꾸기 위해 끊임없이 고민했다.

그리고 그런 일에는 역시 《매니지먼트》가 크게 도움이

되었다. 《매니지먼트》에는 일을 생산적인 것으로 만드는 방법이 자세하게 설명되어 있었다.

일을 생산적인 것으로 만들기 위해서는 다음 네 가지가 필요하다.

①**분석** 일에 필요한 작업과 순서, 도구를 알아야만 한다.

②**종합** 업무를 모아 프로세스로 편성해야만 한다.

③**관리** 일의 프로세스 안에서 방향, 질과 양, 기준과 예외에 관한 관리 방법을 설정해야만 한다.

④**도구**

(62쪽, 제3장 일과 인간 - 11. 일의 생산성)

이에 따라 미나미와 아야노, 그리고 가치 감독은 팀제 훈련의 개선을 위해 노력했다. 이 무렵 드러커의 《매니지먼트》는 세 사람이 함께 참고하는 기본 텍스트가 되어 있었다. 세 사람은 우선 《매니지먼트》를 꼼꼼하게 읽었다. 그리고 거기에 적혀 있는 내용 하나하나에 대해 의논하고 구체적인 방법에 응용했다.

미나미와 아야노, 가치 감독은 먼저 연습 방법을 철저하게 '분석'했다. 매일 연습을 마친 뒤에는 그날 무엇이 부족했는지, 무엇이 불필요했는지를 파악했다. 또 분석을 위한 지표

가운데 하나로 정기적인 연습 시합을 끼워 넣게 되었다. 그 연습 시합에서 나온 결과를 팀과 개개인의 성장을 측정하는 데이터로 활용하려고 했던 것이다. 이 시기를 고비로 호도고 야구부의 연습 시합 수는 크게 늘어나게 되었다.

그리고 거기서 나온 개혁안을 하고 있던 훈련에 도입했다. 덕분에 연습 방법이 날마다 바뀌어 이미 처음 시작했을 때와는 완전히 다른 모습이 되었다.

나아가 연습 운영에 '관리' 수단을 도입했다. 우선 매니지먼트팀이 주마다 목표를 설정해 부원들에게 그 내용을 제시했다. 그리고 그걸 바탕으로 부원들이 훈련 방법을 결정하도록 했다. 모든 부원들이 자기 관리를 하도록 만들려고 했던 것이다.

이것은 드러커가 주장한 '자기 목표 관리'라고 하는 사고방식에 따른 것이었다. 《매니지먼트》는 이에 관해 다음과 같이 적고 있다.

목표 관리의 가장 큰 이점은 자기가 일하는 방식 자체를 매니지먼트할 수 있게 된다는 데 있다. 자기 관리는 강력한 동기부여를 할 수 있도록 해준다. 적당히 넘어가는 게 아니라 최선을 다하고자 하는 동기를 불러일으킨다. 따라서 목표 관리는 매니지먼트 전반의 방향을 설정하고 활동을 통일하는

데 있어서는 필요 없을지 몰라도 자기 관리를 가능하게 만들기 위해서는 필요하다고 할 수 있다.

(140쪽, 제5장 매니저 - 24. 자기 관리에 의한 목표 관리)

'자기 목표 관리'가 가져다준 효과는 절대적이었다. 부원들 스스로 연습 방법을 결정하다 보니 더할 나위 없이 강력한 동기부여가 되어 연습에 최선을 다하게 되었던 것이다.

마지막은 '도구'였다. 연습을 더욱 생산적인 것으로 만들기 위해 온갖 도구가 동원되었다. '도구'는 야구용품에 한정되지 않았다. 도움이 될 만한 것이 있다면 한껏 활용했다.

그 가운데 대표적인 것이 컴퓨터였다. 미나미는 엄청난 분량의 데이터를 컴퓨터로 관리하기로 했다. 또 스케줄 관리나 연락할 때는 인터넷을 사용하고 휴대전화도 최대한 활용했다.

덕분에 팀제 훈련을 시작한 지 한 달쯤 지났을 무렵에는 연습이 완전히 제 궤도에 올랐다. 미나미를 비롯한 매니저들은 눈이 핑핑 돌 정도로 바빴지만, 부원들은 연습에 매력을 느끼게 되어 어느새 연습을 빼먹는 학생은 한 명도 없게 되었다.

아이러니한 일이었다. 부원들이 연습에 매력을 느끼다 보니 그토록 도입하려고 했던 '출석 체크'는 불필요해진 것이다.

미나미는 '일한 보람'이라는 것의 중요성을 새삼 인식했다. 그건 마치 '마법의 지팡이'와도 같았다. 《매니지먼트》

에는 매니지먼트란 '마법의 지팡이가 아니다(3쪽)'고 되어 있지만 '일한 보람'이라는 것은 사람을 움직이게 하는 마법의 지팡이라고밖에 생각할 수 없었다.

일한 보람에 관해 《매니지먼트》에는 이렇게 적혀 있었다.

일한 보람을 느끼도록 만들기 위해서는 일 자체에 책임감을 갖게 해야만 한다.

(74쪽, 제3장 일과 인간 - 13. 책임과 보장)

일한 보람과 책임감은 동전의 앞뒷면과 같다. 그래서 미나미는 팀제 연습 중에 더 세부적으로 '책임'을 조직화하는 일에 착수했다. 예를 들면 팀마다 리더를 정해 각 팀의 관리 경영은 그들에게 맡기기로 한 것이다. 자기 팀에 부족한 부분은 없는지를 생각하고, 무엇을 해야 할 것인지 의논하도록 했다. 목표를 정하거나 연습 방법을 결정하는 것도 그들 스스로 하도록 했다.

또한 리더 이외의 멤버에게는 그와 전혀 다른 역할을 맡겼다. 야구부 연습은 주로 공격과 수비, 주루로 분류되었는데 각각 담당을 정하도록 했다. 팀마다 공격 담당, 수비 담당, 주루 담당을 정하고 각 분야에서 어떻게 하면 실력을 끌어올릴 수 있을지, 그 성과에 책임감을 느끼도록 만들었던 것이다.

예를 들면 '로드워크'라는 달리기 연습이 있는데, 그 책임을 주루 담당이 지도록 한 것이다. 로드워크는 학교 근처에 있는 공원에서 달리기를 하는 훈련이었다. 거기서는 부원 한 사람 한 사람의 기록을 재서 그 합계로 팀별 성적을 다투게 했는데, 어떻게 하면 팀의 성적을 올릴 수 있을지는 각 팀의 주루 담당이 궁리하도록 했던 것이다.

이 주루 담당에는 각 팀에서 달리기를 가장 잘하는 부원을 임명했다. 그건 그들의 지식과 경험을 귀중한 자원으로 활용하기 위해서였다. 달리기가 특기인 사람은 어떻게 하면 빨리 달릴 수 있는지를 안다. 달리는 일에 관해서는 다른 부원들보다 많은 지식과 경험을 가지고 있다. 그걸 팀을 위해 활용하도록 했던 것이다.

《매니지먼트》에는 이렇게 적혀 있었다.

자기 자신이나 작업자 집단이 설계한 일에 책임을 지려면 그들이 자기 전문 분야에서 자신의 지식과 경험을 살릴 수 있어야 한다.

(75쪽, 제3장 일과 인간 – 13. 책임과 보장)

이 말에 따라 미나미는 부원 한 사람 한 사람의 지식과 경험을 각자의 전문 분야에서 활용하도록 했던 것이다. 이것은 사람을 활용하는 일의 한 방법이기도 했다. 부원들은 자신의 장점을 살려 맡은 역할에 대한 책임감을 점점 높여 나갔다. 주루 담당자들은 '내가 달리기를 잘하기 때문에 이 일을 맡게 되었다'고 생각해 더 큰 책임감과 보람을 느끼게 되었던 것이다.

미나미는 야구부 부원 모두에게 이런 담당 분야를 배정했다. 그리고 반드시 '생산적인 일'로 연결되도록 신경 썼다. '내가 맡은 일이 조직의 성과와 연결되어 있다'는 사실을 실감하지 못하면 일하는 보람도 느낄 수 없기 때문이다. 또한 이 사실을 피부로 느끼도록 만들기 위한 정보 피드백도 빼놓지 않았다.

예를 들어 로드워크라면 팀별 성적뿐만 아니라 각 부원들의 개인 성적도 기록해 그래프로 만들어 건네주었다. 그런 식으로 성과에 관한 정보를 적극적으로 제공하여 그들의 책임을 더 명확하게 했던 것이다.

나아가 부수적으로 학습의 장을 만들기로 했다. 각 팀의 주루 담당자들을 모아 어떻게 하면 기록을 끌어올릴 수 있는지 연구회를 열게 했다.

그래서 각 팀의 주루 담당자들은 서로 라이벌이면서도 어떻게 하면 기록을 향상시킬 수 있을지 정보를 교환하고 의논했다. 또 그 모임에는 가끔 가치 감독도 참여해 자기가 지닌 지식과 경험을 주루 담당자들에게 전달하기도 했다. 감독이 사용하는 단어가 너무 전문적이어서 제대로 전달되지 않을 때는 아야노가 자세하게 설명을 해주었다.

모든 담당자들이 이런 회의를 수시로 했다. 그러다 보니 피드백이나 연구회 같은 회의 시간이 필연적으로 늘어날 수밖에 없었다. 이윽고 일주일 중 하루는 운동장 연습은 쉬고 회의만 하게 되었다. 그리고 그 회의는 자연스레 월요일에 열렸다. 월요일은 그 주의 목표를 설정하거나 공지사항을 전달하기 편리했기 때문이다. 월요일은 NGD(No Ground Day)라고 불리게 되었다.

3

가을이 가고 겨울이 왔다. 그리고 이내 새해를 맞이하게 되었다. 미나미에게나 다른 2학년 학생들에게도 고시엔 대회 마지막 출전 기회가 될 여름 대회까지 이제 겨우 반년밖에 남지 않았다.

이 무렵 야구부에는 열기와 활기가 가득 넘쳤다. 유키가 중심이 되어 진행했던 면담은 여름 이후에도 이어져 나날이 변해가는 부원들의 현실, 욕구, 가치를 이끌어냈다.

그 면담을 통해 얻은 정보를 바탕으로 연습 메뉴에는 계속 개선이 더해져 날로 진화해갔다. 덕분에 예전과는 비교도 할 수 없을 만큼 세련되고 효과적인 연습 메뉴가 마련되었다. 정기적으로 측정하는 모든 데이터들이 뚜렷하게 향상된 모습을 보였다.

또한 연습 시합에서도 서서히 효과가 나타났다. 실력이 얼마나 늘었는지 가늠하기 위해 비슷한 레벨인 학교와 매주 시합을 했는데, 처음에는 이기기도 하고 지기도 했지만 점차 이기는 횟수가 많아져 요즘은 거의 패배하지 않는 팀이 되어 있었다.

미나미도 야구부의 실력을 객관적으로 바라볼 수 있는 눈을 갖게 되었다. '고시엔 대회 출전'이라는 목표가 호도고에 얼마나 힘든 일인지도 새삼 깨닫게 되었다.

가을 대회에서 콜드게임으로 패배한 이후 순조롭게 실력을 쌓아왔다고는 해도 아직 고시엔 대회에 출전할 수 있는 수준은 아니었다. 또 앞으로도 계속 이런 페이스로 실력이 향상된다고 하더라도 반년밖에 남지 않은 상황에서 고시엔 대회 출전권을 따낼 수 있는 수준까지 올라서지는 못할 것 같았다.

고시엔 대회에 출전한다는 것은 한마디로 이야기하면 '상식 밖'의 목표였다. 상상하기조차 힘든 비현실적인 소리였다.

그래서 그 목표를 실현하기 위해서는 지금까지 해온 방식으로는 도저히 안 되겠다는 생각이 들었다. 방식을 바꾸어 뭔가 완전히 새로운 것을 시작할 필요가 있었다.

미나미는 그 방법 역시 《매니지먼트》에서 찾았다. 그 책에는 이렇게 쓰여 있었다.

마케팅만으로는 기업이 성공할 수 없다. 정적인 경제 안에서는 기업이 존재할 수 없다. 그런 곳에 존재할 수 있는 것은 수수료만 받아 챙기는 브로커나 아무런 가치도 만들어내지 못하는 투기꾼이다. 기업이 존재할 수 있는 곳은 성장하는 경제뿐이다. 아니면 적어도 변화를 당연하게 여기는 경제여야 한다. 그리고 기업이야말로 그 성장과 변화를 위한 기관이다.

따라서 기업의 두 번째 기능은 이노베이션, 즉 새로운 만족을 만들어내는 일이다. 그저 재화와 서비스를 공급하는 정도로는 부족하다. 더 나은, 더 경제적인 재화와 서비스를 공급해야만 한다. 기업 자체는 더 커질 필요가 없지만 늘 보다 좋아져야만 한다.

(17~18쪽, 제1장 기업의 성과 − 2. 기업이란 무엇인가)

이노베이션!

이것이 미나미가 달라붙어야 할 새로운 과제였다. 이노베이션이야말로 지금까지의 상식을 버리고 새로운 가치를 세우는 일이었다. 지금까지 해온 방식을 몽땅 바꾸어 새로운 뭔가를 시작하는 것이다.

게다가 이노베이션을 통해 바꿀 대상은 '야구부'가 아니었다. 야구부를 둘러싼 '고교야구계'였다.

《매니지먼트》에는 이렇게 적혀 있었다.

이노베이션을 행하는 조직은 '이노베이션'의 의미를 잘 안다. 이노베이션이란 과학이나 기술이 아니라 가치다. 조직 안에서가 아니라 조직 밖에서 일으키는 변화다. 이노베이션의 척도는 바깥 세계에 대한 영향력의 크기다. 따라서 기업의 이노베이션은 늘 시장에 초점을 맞추어야만 한다. 시장이 아니라 제품에 초점을 맞춘 이노베이션은 '신기한 기술'을 만들어낼지는 몰라도 성과는 실망스러울 것이다.

(266~267쪽, 제9장 매니지먼트의 전략 – 44. 이노베이션)

이노베이션은 조직의 외부, 즉 야구부가 아닌 야구부를 둘러싼 '고교야구계'에 일으킬 변화였다. 낡은 상식을 깨부수고 새로운 야구를 창조하여 고교야구의 상식을 바꾸겠다는 것이다.

미나미는 그 길밖에 없다고 생각했다. 6개월 뒤에 야구부를 고시엔 대회에 출전시킬 수 있는 수준으로 끌어올리기는 불가능하다. 그렇다면 고시엔 대회 출전이 가능하도록 하기 위해서는 야구부가 아니라 고교야구 쪽을 바꾸어야 할 필요가 있다.

그래서 미나미는 어떻게 하면 고교야구를 바꿀 수 있을

지 궁리했다. 그 전략에 관해서도 《매니지먼트》는 이렇게 적고 있었다.

이노베이션은 기존의 것들을 모두 진부한 것으로 가정하는 전략을 취한다. 따라서 기존 사업에 관한 전략 지침이 '더 좋게, 더 많이'라고 한다면 이노베이션에 관한 전략 지침은 '더 새롭게, 더 다르게'여야만 한다.

이노베이션 전략의 첫걸음은 낡은 것, 도태되고 있는 것, 진부한 것을 계획적이고 체계적으로 폐기하는 일이다. 이노베이션을 행하는 조직은 과거를 지키기 위해 시간과 자원을 쓰지 않는다. 과거를 버려야만 자원, 특히 인재라는 귀중한 자원을 해방시켜 새로운 것으로 만들 수 있다.

(269쪽, 제9장 매니지먼트의 전략 - 44. 이노베이션)

야구부가 이노베이션을 실현하기 위해서는 먼저 기존 고교 야구를 모두 진부한 것으로 가정하는 일부터 시작해야만 했다. 게다가 고교야구에서 낡은 것, 도태되어 있는 것, 진부한 것을 계획적이고 체계적으로 버려야 할 필요가 있었다.

그래서 미나미는 '무엇을 버릴까?' 하는 문제에 관해 전문가인 가치 감독에게 물어보기로 했다. 하지만 그 전에 일단 그의 통역을 맡고 있는 아야노에게 고교야구에서 무엇이 낡았고, 무엇이 도태되고 있으며, 무엇이 진부하다고 보느냐고 물었다.

그러자 아야노는 "보내기 번트와 스트라이크가 아닌 볼을 치게 만드는 투구 기술이 아닐까?" 하는 대답을 내놓았다.

아야노는 이미 가치 감독의 오른팔 같은 존재였다. 연습 메뉴를 짜는 작업을 통해 감독과 많은 시간을 함께 보낸 아야노는 그 엄청난 지식과 정열을 남김없이 흡수했다. 머리가 좋고 이해력이 빠른 아야노는 그 모든 것을 빨아들여 그 무렵에는 감독의 통역사라기보다 분신이나 마찬가지인 존재가 되어 있었다. 그래서 감독이 자리에 있을 때는 물론이고 없을 때도 솔선해서 감독의 의중을 파악하고 전달했다. 그리고 때로는 연습을 지휘하기까지 했다.

그런 아야노가 감독이 버려야 할 부분이라고 생각하는 것은 '보내기 번트'와 '볼을 치게 만드는 투구 기술'이라고 대답한 것이다.

'보내기 번트'는 타고투저(打高投低) 현상이 심한 현대 야구에 어울리지 않는다. 눈 빤히 뜨고 아웃카운트 하나를 내주는 결과치고는 효과가 약하고, 게다가 실패할 가능성도 크다.

또 주자만 나가면 무턱대고 보내기 번트를 하기 때문에 창조성이 없는 시합이 되어버린다고 감독은 말했다. 보내기 번트라는 작전은 선수와 감독의 사고방식을 경직시켜 요즘의 야구를 재미없게 만드는 또 한 가지 요인이었다.

가치 감독은 '스트라이크가 아닌 볼을 치게 만드는 투구 기술' 또한 일본 야구의 나쁜 습관 가운데 하나라고 여기고 있었다.

'스트라이크가 아닌 볼을 치게 만드는 투구 기술'이란 타자로 하여금 스트라이크가 아닌 볼을 치게 하려는 피칭을 말한다. 타자에게 유인하는 볼을 던져 범타나 헛스윙을 유도하는 방법이다.

이 수법은 고교야구뿐만 아니라 프로야구에서도 하나의 상식으로 자리 잡았다. 어떻게 하면 스트라이크를 던지지 않고 타자를 속여 이기느냐 하는 것이 일종의 미학처럼 언급되기도 했다.

하지만 감독은 그것이 투수의 실력 향상을 가로막고 있다고 생각하고 있었다. 볼을 치게 만들기 위해 기를 쓰다 보니 공의 날카로움이나 구위 같은 것에는 소홀하게 되었다. 그런 폐단은 2008년 베이징 올림픽 야구 경기에서도 고스란히 드러났다. 그 대회에서 상대 타자들은 볼에는 손도 대지 않았고, 또 스트라이크존에 아슬아슬하게 걸치는 공들은 볼로 판정받아 일본 투수는 결국 어찌해볼 도리 없이 안타를 얻어맞게 되었다.

게다가 '볼을 치게 만드는 투구 기술'은 자칫하면 시합 시간을 질질 끌거나 사고방식을 좀스럽게 만든다고 해서 보내기 번트와 마찬가지로 야구를 재미없게 만드는 폐해도 있었다.

아야노는 감독의 그런 생각을 미나미에게 전달했다.

그 말을 들은 미나미는 감독과 직접 이야기해보기로 했다. 아야노와 함께 비어 있는 교실에서 열린 그 회의에서 미나미는 이렇게 말문을 열었다.

"감독님은 보내기 번트 작전에 대해 어떻게 생각하세요?"

그러자 가치 감독은 목소리에 힘을 주어 이야기하기 시작했다. 보내기 번트가 얼마나 낡은 전법이고, 얼마나 비합리적인지, 그리고 야구를 얼마나 따분하게 만드는지 열심히 설명했다.

이어서 '볼을 치게 만드는 투구 기술'에 관해 묻자 역시 보내기 번트와 비슷하게 시간을 들여 대답했다. 그런 방법이 투수의 성장을 얼마나 가로막고, 허약하게 만들며, 시합을 길게 끌어 재미없게 만드는지를 길게 설명했다.

가치 감독의 이야기를 한바탕 듣고 나서 미나미는 화제를 바꾸었다.

"그런데 고시엔 대회의 오랜 역사 속에서 그때까지 상식으로 여겨지던 것을 바꾸어 새로운 가치를 내세우는 데 성공한 감독님이 계시나요?"

그러자 가치 감독은 바로 대답했다.

"내가 알기로 두 분 계시지. 한 분은 이케다 고교를 이끌었던 쓰타 후미야(蔦文也) 감독이고, 또 한 분은 도리데2 고교를 맡았던 기우치 유키오(木內幸男) 감독이지."

"그 두 분은 어떤 상식을 바꾼 거죠?"

미나미가 묻자 가치 감독은 다음과 같이 자세히 설명했다.

이케다 고교의 쓰타 감독은 점수만 내면 지키기로 일관하는 '수비 야구'를 바꾸었다. 1982년 여름과 1983년 봄에 야마비코 타선(山彦打線·이케다 고교의 중심 타선으로, 일본 고교야구 역사에 남는 강타선으로 유명하다−옮긴이)을 이끌고 연속 우승을 이룬 이케다 고교는 치고 또 치는 스타일로 고교야구에 '공격 야구'라는 새로운 기준을 내세웠다.

한편 도리데2 고교의 기우치 감독은 그때까지 관행이던 '관리 야구'를 깼다. 눈에 보이는 숫자만으로 평가하는 것이 아니라 선수의 기분이나 개성 같은 것을 중시하는, 이른바 '마음의 야구'를 내세운 것이다. 그 결과 구와타 마스미(桑田真澄), 기요하라 가즈히로(清原和博) 같은 위대한 선수를 배출해 고교야구 사상 최강이라고 불리던 PL학원을 결승전에서 꺾고 전국 제패를 이루었다.

가치 감독은 이렇게 덧붙였다.

"이 두 분은 내겐 동경의 대상이지. 고시엔 대회 역사를 돌이켜보았을 때 전설적인 명장으로 꼽을 수 있는 감독이니까."

미나미는 가치 감독이 그렇게 생각하고 있다는 사실을 이미 알고 있었다. 아야노한테 미리 이야기를 들었기 때문이다.

미나미는 가치 감독을 똑바로 바라보며 이렇게 말했다.

"그러면 감독님이 그 세 번째 감독님이 되지 않으시겠어요?"

"엥?"

감독은 깜짝 놀란 표정을 지었다.

"감독님이 세 번째 전설적인 존재가 되는 거예요. 감독님 말씀 아주 재미있게 들었어요. '보내기 번트'와 '볼을 치게 하는 투구 기술'에 대한 이야기도 재미있었고요. 그걸 버린다면 어쩌면 고교야구에 이노베이션을 일으킬 수 있을지도 모르죠. 그러면 감독님도 전설적인 명장이 되어 나중에 사람들이 이야기하게 되겠죠. 우선 어떻게 하면 '보내기 번트'와 '볼을 치게 만드는 투구 기술'을 버릴 수 있을지 그 방법을 아야노와 함께 다음 주까지 연구해주세요."

그렇게 말하고 미나미는 교실을 나왔다.

4

사흘 뒤, 야구부 부원 모두를 집합시켜 회의를 열었다. 그 자리에서 가치 감독은 새로운 시합 지침을 발표했다. '노 번트, 노 볼 작전'이라는 이름을 붙인 새 지침은 그 뒤로 호도고 야구부에서는 가장 중요한 이노베이션 전략이자 전술 가운데 하나가 되었다.

때를 같이해 미나미는 또 한 가지 작업에 착수했다. '사회문제에 관한 공헌'이었다.

'사회문제에 관한 공헌'이란 《매니지먼트》 제일 앞에 적혀 있는 '매니지먼트의 세 가지 역할' 가운데 하나였다.

《매니지먼트》에는 이렇게 적혀 있었다.

매니지먼트에는 자신이 속한 조직을 통해 사회에 이바지하기 위한 세 가지 역할이 있다. 이들 역할은 이질적이기는 하지만 하나같이 중요하다.

①자기가 속한 조직 특유의 사명을 수행한다. 매니지먼트는 조직 특유의 사명, 즉 각 조직의 목적을 완수하기 위해 존재한다.

②업무 속에서 일하는 사람들을 효과적으로 활용한다. 현대 사회에 있어서 조직이란 한 사람 한 사람의 생활 양식이며, 사회적 지위이고, 커뮤니티와의 유대를 통해 자아실현을 꾀하는 수단이다. 당연히 일하는 사람을 잘 활용하는 것이 중요한 의미를 지닌다.

③자기가 속한 사회에 미치는 영향을 관리하고 동시에 사회문제에 이바지한다. 매니지먼트에는 자기가 속한 조직이 사회에 미치는 영향을 관리하면서, 동시에 사회문제 해결에 공헌해

야 하는 역할이 있다.

(9쪽, 1. 매니지먼트의 역할)

이중에 ①과 ②는 이미 착수했지만 ③은 아직 손을 대지 못한 상태였다. 그래서 얼른 착수하려고 했지만 그때까지 제대로 시작도 하지 못하고 있었다.

이는 다른 일로 바빴기 때문이기도 하지만 가장 큰 이유는 어떻게 손을 대야 할지 알 수 없었기 때문이다. 이때까지 미나미는 야구부가 어떻게 사회문제에 공헌해야 좋을지 구체적인 방법을 발견하지 못하고 있었다.

그래서 미나미는 우선 '사회'란 무엇인가를 고민했다. 그리고 '사회'란 넓은 의미에서는 이 세상 자체를 뜻하지만 작게는 '학교'일 거라고 생각했다. 야구부가 소속된 도립 호도고가 가장 가까운 '사회'라는 결론을 내렸다.

그다음 단계로 그러면 그 '학교'에 어떻게 공헌할 수 있을까를 생각했다. 그러자 제일 먼저 머릿속에 떠오른 것이 교내 청소라는 봉사활동이었다.

하지만 그 방법은 선뜻 내키지 않았다. 물론 나쁘지는 않지만 야구부의 장점을 살리지 못한 방법이라는 생각이 들었던 것이다.

매니지먼트를 진행하는 가운데 미나미는 '사람을 효과

적으로 활용한다'는 것의 중요성, 그 힘의 크기를 똑똑히 목격해왔다. 유키, 아야노, 게이치로 등 그 예를 하나하나 열거할 필요까지는 없지만, 가장 두드러진 사례는 바로 가치 감독의 경우였다.

감독은 여태까지 야구에 대한 방대한 지식과 정열을 야구부를 지도하는 데 제대로 적용하지 못하고 있었다. 그래서 지도도 건성이었고 정열도 사라졌었다. 소극적이고, 패기도 없고, 활기라고는 전혀 찾아볼 수 없었다.

하지만 아야노라는 '통역'을 얻은 뒤 자기가 지닌 지식과 정열이 조직의 성과와 연결되기 시작하자 열성적으로 지도하게 되었다. 무슨 일에나 적극적으로 대처하고 정열적인 감독으로 변했다. 활기가 넘치는 사람으로 바뀐 것이다. 그런 식으로 학교에 공헌하면서도 야구부 자체를 활기 있게 만들고 싶다는 생각이 들었다.

바로 그때 뜻하지 않은 아이디어를 얻었다. 구쓰키 후미아키 덕분이었다. 야구부에서 발이 가장 빠른 반면, 주루 이외에는 성적이 시원치 않아 자기가 주전 선수라는 사실에 회의를 느껴 야구부를 그만둘까, 고민하던 부원이다.

후미아키가 소개하고 싶은 사람이 있다고 했다. 이야기를 들어보니 고지마 사야카(小島沙也香)라는 여학생인데 육상부 주장이라고 했다.

그 말을 듣고 처음에는 후미아키가 육상부로 옮길 뜻을 굳히고 그 사실을 알리러 온 게 아닌가 생각했다. 그렇다면 왜 굳이 육상부 주장이 오겠다는 것인지 의아했다. 하지만 사야카를 만나보고 나서야 그런 일 때문이 아니라는 사실을 알게 되었다.

사야카는 만나자마자 단도직입적으로 물었다.

"야구부 부원들은 어떻게 그렇게 열심히 연습하게 된 거니?"

사야카가 진지한 눈빛으로 물었다.

"그게 너무 궁금해서 후미아키에게 물어보았는데 네게 이야기를 직접 들어보라고 하더라."

미나미는 모르고 있었지만 그 무렵 야구부의 변화가 학교 안에서는 제법 화제가 되고 있었던 모양이다. 출석률이 그렇게도 형편없었는데 지금은 다들 당연하다는 듯이 연습에 나왔다. 그것도 적극적인 모습으로 마치 즐기듯이 임했다. 그게 다른 부 부원들이 보기에는 흥미로운 일이었던 모양이다.

사야카는 그 비결을 물어보러 왔던 것이다. 육상부도 예전 야구부와 마찬가지로 부원들의 연습 출석률이 낮아 고민 중이었다.

그래서 미나미는 지금까지 자기가 해온 매니지먼트 방법을 야구부 이외의 다른 곳에도 퍼뜨리면 어떨까, 하는 생각을 했다. 매니지먼트를 통해 다른 동아리에도 공헌하고 부원들에게도 활기를 불어넣는 것, 미나미는 이런 방법으로 사회문제에 공헌하려고 했다.

육상부 이외에도 매니지먼트에 문제를 안고 있는 동아리는 많았다. 드러커의 《매니지먼트》에서 얻은 지식과 지금까지의 경험을 살려 문제 해결에 나서면 사회문제에 공헌하는 셈이 되지 않을까, 생각한 미나미는 동아리 활동 매니지먼트에 관한 상담에 응하기로 했던 것이다.

그 작업은 몇몇 동아리에서 착실한 성과를 거두었다. 육상부는 각 부원에게 책임을 분배하는 방법으로 연습 출석률을 높이는 데 성공했다. 유도부는 팀제 훈련 도입으로 체력 측정 수치가 올라갔다. 요리 동아리는 피드백 시스템을 구축하여 부원들의 활동이 적극적으로 변했고, 요리 수준도 올라갔다. 취주악부에서는 각자의 장점을 살린 편성으로 바꾸어 멤버들 사이에 활기가 넘치고 연주의 질도 부쩍 높아졌다.

미나미는 매니지먼트를 통해 더 큰 문제를 해결하는 데 착수했다. 그건 학교의 문제아들을 매니저로 임명해 야구부에 가입시키는 것이었다.

호도고는 편차치가 60이 넘는 대학 진학 중심의 학교라서 불량 학생이 많지는 않았다. 그래도 문제를 일으키는 학생들은 있었다. 허용되는 범위를 넘어서는 화장을 하거나, 학생들은 드나들지 말아야 할 곳을 밤에 어슬렁거리

기도 하고, 학교 수업을 따라가지 못해 아예 학교에 나오
지 않는 여학생들도 있었다.

미나미는 그런 문제아들에게 야구부 매니저가 되라고
권유했다. 거기에는 두 가지 목적이 있었다. 하나는 매
니지먼트 일이 늘어났기 때문에 부족한 일손을 보충하려
는 것, 그리고 또 하나는 그런 학생들에게 보람을 느낄 수
있는 일을 시켜 문제를 일으키지 않게 하려는 것이었다.

문제를 일으키는 학생들은 대개 동아리에 소속되어 있
지 않았다. 그리고 일상생활 속에서 보람 있는 무언가도
찾지 못하고 있었다. 그래서 보람을 느낄 수 있는 일을 주
면 문제를 안 일으키지 않을까, 그렇게 생각했던 것이다.
그리고 그 학생들이 문제를 일으키지 않게 되면 그건 학
교에 공헌한 셈이 되는 것이다.

미나미는 문제아들을 계속 찾아다니다가 3학기(1~3월)가
끝날 무렵에는 여자 매니저 3명을 새로 끌어들일 수 있었다.

6장

미나미,
이노베이션에 착수하다

1

3월 들어 야구부에는 두 가지 큰 사건이 있었다. 그중 하나는 병원에 입원했던 유키가 수술을 받은 일이다. 원래는 작년 말에 수술받을 예정이었는데 그동안 유키가 몸이 좋지 않아 미루고 또 미루어왔던 것이다.

유키가 받은 수술은 그리 까다로운 것은 아니라고 했다. 그래도 신중을 기해 컨디션이 회복되기를 기다렸다가 수술에 들어갔다. 덕분에 수술은 무사히 끝나 어쨌든 치료는 한 걸음 진전을 보이게 되었다.

유키의 수술이 끝나고 난 사흘 뒤가 졸업식 날이었다. 이 날은 연습을 쉬기로 했던 터라 미나미는 유키에게 병문안을 가기로 했다.

그런데 병원으로 가는 버스 안에서 뜻하지 않은 사람을 만났다. 포수인 가시와기 지로였다. 지로 역시 유키에게 가던 중이었다. 미나미보다 늦게 버스에 올라탄 지로는 미나미를 발견하더니 마침 비어 있던 옆자리에 앉았다.

"안녕?"

지로가 인사를 건넸지만 미나미는 "안녕?" 하고 형식적인 대꾸만 한 뒤 눈도 마주치려 들지 않았다. 그러자 지로 역시 더 이상 아무 말도 하지 못했다. 두 사람은 병원에 도착할 때까지 내내 대화를 나누지 않았다.

병원에 도착해 두 사람이 병실로 들어가자 거기에는 의외의 인물이 있었다. 1학년생인 유노스케였다. 유노스케는 침대에 누워 있는 유키와 뭔가 열심히 이야기를 나누고 있었다. 병실에 들어서는 두 사람을 보고 유노스케는 좀 당황한 듯 자리에서 일어나 서둘러 돌아갈 준비를 했다.

그 모습을 보고 미나미가 "방해한 것 아냐?"라고 물었다. 그러자 유노스케는 얼굴이 새빨개져서는 인사도 제대로 하지 않고 슬금슬금 병실을 빠져나갔다.

유노스케가 나가는 모습을 지켜본 미나미는 침대에 누워 있는 유키를 보며 "우리가 정말 방해한 것 아냐?"라고 물었다.

그러자 유키는 수술받은 지 얼마 되지 않아서인지 기운이 없는 목소리이긴 했지만 그래도 재미있다는 듯이 '킥킥' 웃으며 대답했다.

"놀리지 마. 유노스케는 그러면 수줍음 타니까."

"그 녀석, 여기 자주 왔어?"

지로가 물었다.

"응, 가끔. 아, 작년 가을에 유노스케가 또 실책을 저질렀잖아? 그때 미나미 네가 메일을 보냈잖아. 유노스케를 위로해 주라고. 그 뒤로 가끔 연락을 주고받게 되었지."

미나미는 깜짝 놀란 표정을 지으며 말했다.

"내가 그런 부탁을 했다고?"

그러자 이번에는 유키가 눈을 동그랗게 뜨며 되물었다.

"어, 기억나지 않아?"

"전혀."

그러자 유키는 "역시 너답구나"라며 미소를 지었다. 그러더니 이번에는 미나미와 지로를 번갈아 바라보며 물었다.

"너희들 웬일이니? 둘이 함께 오다니."

"함께 온 건 아니고."

미나미는 정색을 하고 말했다.

"버스에서 우연히 만나서 같이 오게 되었을 뿐이야."

그러자 유키는 또 재미있다는 듯이 '킥킥' 웃더니 이렇게 말했다.

"그래도 이렇게 셋이 모이니 왠지 마음이 놓이네. 어릴 적 생각도 나고."

"그렇구나."

지로가 대꾸했다. 하지만 미나미는 입을 다문 채 아무 말도 하려 하지 않았다.

세 사람은 한동안 조금 전에 끝난 졸업식 이야기며 학교 이야기, 야구부 이야기를 나누었다. 다만 이날은 유키가 아직 기운이 없는 것 같아서 미나미와 지로는 좀 일찍 병문안을 마쳤다.

돌아오는 길에 두 사람은 또 함께 버스를 탔지만 역시 내내 말이 없었다.

그런데 어느 버스 정류장에 이르렀을 때 지로가 불쑥 이렇게 말했다.

"어, 저것 봐. 저기, 보인다."

"뭐?"

지로는 창밖을 손가락으로 가리키며 말했다.

"저기 말이야, 저기. 전에 우리 둘이 자주 갔었잖아? 오랜만에 보니 반갑네."

밖을 내다보던 미나미도 야구연습장을 발견했다.

"아……."

미나미는 그렇게 말꼬리를 흐리며 또 언짢은 표정을 지었다. 하지만 지로는 눈치 채지 못하고 계속 말을 걸었다.

"오랜만인데 지금 내려서 잠깐 들렀다 갈까?"

하지만 미나미는 아무런 대답도 하지 않았다. 그러자 지로도 "뭐, 싫다면 할 수 없고"라며 더 이상 말을 걸지 않았다.

버스가 야구연습장에 점점 더 가까워질 무렵이었다. 미나미가 불쑥 지로를 바라보며 이렇게 말했다.

"별로 싫지 않아. 그러자."

"오!"

지로는 의외라는 듯한 표정을 짓더니 바로 "좋아" 하며 하차 버튼을 눌렀다.

미나미와 지로는 버스에서 내린 다음 걸어서 금방인 야구연습장으로 들어갔다. 두 사람은 안내 창구에서 선불카드를 산 뒤 미나미는 제일 안쪽 부스로, 지로는 그 바로 앞 부스로 들어갔다. 선불카드를 기계에 꽂고 스피드와 구종을 조정한 다음 타석에 서서 피칭머신을 노려보았다.

이윽고 기계에서 공이 튀어나왔다. 미나미는 첫 번째 공을 깨끗하게 받아쳤다. 타구는 오른쪽 방향으로 총알처럼 뻗어나갔다.

그걸 본 지로가 "우와!" 하고 소리를 질렀다. 하지만 미나미는 아무런 반응도 보이지 않고 다음 투구 동작에 들어간 피칭 머신에 집중했다.

이어서 공이 계속 튀어나왔다. 그 공들을 쳐내며 미나미는 어린 시절을 떠올리고 있었다.

어렸을 때 미나미는 야구를 무척 좋아하는 소녀였다. 아버지가 야구를 좋아했기 때문에 철이 들 무렵부터 야구방망이와 공을 가지고 놀았다. 초등학교에 들어가자 지역 소년야구팀에 소속되어 본격적인 플레이를 하게 되었다. 남학생들 틈에 끼여 매일 야구 연습을 했던 것이다.

미나미는 세 자매 가운데 막내였다. 미나미의 아버지는 아들이 태어나면 프로야구 선수로 키우고 싶다는 꿈을 갖고 있었다. 하지만 딸 둘이 태어나더니 마지막으로 기대를 걸었던 미나미 역시 딸이었다. 아버지의 꿈이 사라진 듯했다.

하지만 미나미의 아버지는 꿈을 포기하지 않고 막내딸에게 야구를 가르치기 시작했다. 워낙 아버지의 말씀도 잘 듣고 운동신경도 좋았던 미나미는 야구 실력이 쑥쑥 늘었다.

이윽고 초등학교에 입학해 지역 소년야구팀에 들어가게 된 뒤로는 중심 선수로 활약하기에 이르렀다. 가시와기 지로는 그때 같은 팀에서 야구를 했던 친구다. 어렸을 때는 서로의 집을 오가며 놀기도 했다. 또 한 팀이었기 때문에 함께 연습도 했다. 이 야구연습장도 그 무렵에 자주 찾았던 곳이다.

그때 미나미는 발육도 빨라서 배팅이나 수비가 지로보다 한 수 위였다. 미나미는 지로가 아직 후보 선수였던 4학년 때부터 주전으로 뛰었다. 그래서 어딘지 모르게 지로를 얕잡아 보는 면이 있었다.

그 무렵 미나미는 프로야구 선수가 될 생각을 품고 있었다. 초등학교 때 학급 문집에는 장래희망으로 '프로야구 선수'라고 적었고, 아버지에게도 자주 이렇게 물어봤다.

"아빠, 나 프로야구 선수 될 수 있어?"

그러면 아버지는 늘 웃으며 "그럼, 될 수 있지"라고 말했다. 그리고 한마디 덧붙였다. "열심히 연습하면······."

미나미는 점점 더 야구에 빠져들었다. 프로야구 선수를 꿈꾸며 밤낮으로 연습하는 데 힘썼다.

미나미의 최고 전성기는 초등학교 5학년 때였다. 그때 열린 시 대회에서 선발 6번 타자로 출전한 미나미는 결승전에서 승부를 결정짓는 굿바이 안타를 날렸다.

하지만 그 뒤로 야구 실력은 별로 늘지 않았다. 다른 남학생들에 비해 성장 속도도 느려졌다. 6학년 때는 그 차이가 결정적으로 벌어졌다. 사춘기를 맞아 몸에 큰 변화가 찾아온 뒤로 이전과 같은 플레이를 할 수 없게 된 것이다. 마침 그 무렵 실력이 쑥쑥 늘어 주전 선수가 된 지로와는 대조적으로 미나미는 주전에서 제외되고 말았다.

그제야 미나미는 뭔가 이상하다는 사실을 깨닫기 시작했다. 자기와 주변 남학생들 사이에는 분명히 큰 차이가 있었다. 지금 와서 생각하면 당연한 일인데도 그 당시만 해도 미나미는 그걸 알아차리지 못했다. 신체 발육은 빨랐지만 그런 눈치는 없었던 것이다.

그래서 미나미는 아버지에게 이렇게 물었다.

"아빠, 나 프로야구 선수 될 수 있어?"

그런데 이번엔 달랐다. 예전에는 늘 싱글벙글 웃으며 "그럼, 될 수 있지"라고 대답해주던 아버지가 씁쓸하게 웃는 듯한 표정을 지으며 아무런 말도 하지 않는 것이었다. 그래서 미나미는 옆에 있던 어머니에게 같은 질문을 했다. 하지만 어머니 역시 슬픈 표정을 지으며 미나미를 바라보기만 할 뿐 아무런 대답도 하지 않았다.

미나미는 그제야 눈치 챘다.

내 꿈은 애당초 이루어질 수 없는 거였구나.

미나미는 절망했다.

다들 아는데 나만 몰랐던 거야.

그때 받은 충격 때문에 미나미는 야구를 싫어하게 되었다. 싫어하는 정도가 아니라 심하게 미워하기까지 했다. 야구에 배신당했다고 생각했기 때문이다. 야구 때문에 인생이 엉망이 되어버린 것 같은 느낌도 들었다.

부모님과도 그 일을 계기로 서먹한 사이가 되고 말았다. 또 지로하고도 좁힐 수 없는 거리감이 생겨났다. 자기보다 한 수 아래라고 여겼던 지로가 더 뛰어난 플레이를 펼치는 것을 도저히 받아들일 수 없었던 것이다.

게다가 시 대회 결승전에서 굿바이 안타를 친 일까지 포함해 야구에 관한 모든 추억이 떠올리기도 싫은 괴로운 기억으로 변해버렸다. 그래서 야구를 하는 건 물론이고 관련된 것마저도 싫어하게 되었다. 그때 받은 충격으로 가슴에 구멍이 뻥 뚫린 듯해 한동안 아무것도 할 수 없었다.

미나미가 힘들어할 때 곁에서 의지가 되어준 사람이 바로 유키였다. 유키는 실의의 밑바닥에 놓인 미나미를 있는 그대로 받아들여주었다. 때론 아무 말 없이 미나미를 지켜봐주고, 때론 울고 있는 미나미의 어깨를 부드럽게 안아주었다. 유키는 미나미의 가슴에 생긴 구멍을 우정으로 메워주었다.

미나미는 어려울 때 손을 내밀어준 유키를 평생 배신하지 않겠다고 마음먹었다. 유키만은 무슨 일이 있어도 도와주고, 은혜를 갚자고 마음속으로 굳게 다짐했다.

그래서 유키가 오랫동안 입원해야 한다는 걸 알았을 때는 야구부 매니저가 되어 유키가 잠시 비운 자리를 지켜야겠다고 결심했다. 유키가 마음 편하게 치료를 받을 수 있을 것 같아서였다.

또 기왕에 매니저를 맡게 된다면 야구부를 고시엔 대회에 출전시키자고 생각했다. 만약 야구부가 고시엔 대회에 출전하면 유키도 용기가 나서 병이 완쾌될지도 모른다, 그런 생각까지 했다.

그런 이유로 미나미는 야구부 매니지먼트에 온 힘을 기울였던 것이다. 미나미에게 야구부를 고시엔 대회에 출전시키는 일은 유키에게 은혜를 갚는 길이자 유키의 병을 치료하는 일이기도 했다.

10여 분 뒤, 공을 다 친 미나미가 로비에서 쉬고 있는데 지로가 마실 것을 사가지고 왔다. 미나미가 음료값을 주려고 하자 지로는 됐다면서 받으려 하지 않았다. 미나미는 돈을 도로 집어넣고 "고마워, 잘 마실게" 하고 마시기 시작했다.

그런 미나미를 바라보며 지로가 말했다.

"역시 아직 솜씨가 녹슬지 않았어."

"……"

"하기야, 실력이 어디 가겠어? 그런데 이게 몇 년 만이지? 벌써 5년쯤 됐나? 그렇진 않은 것 같은데."

"……"

"좀 전에 그 배팅, 대단했어. 옛날 생각이 난다. 아, 너 기억하지? 네가 예전에 시 대회 결승전에서……."

"그 이야긴 됐어."

미나미는 지로의 말을 가로막았다.

"응?"

"그만 하라니까."

"……그래?"

잠시 침묵한 뒤에 지로가 다시 입을 열었다.

"뭐, 알았어. 네가 무얼 어떻게 생각하고, 옛날 일을 어떻게 받아들이건 네가 하고 있는 일은 대단하니까."

"뭐라고?"

미나미는 의아한 듯한 표정으로 지로를 바라보았다. 지로 는 미나미를 진지한 눈빛으로 바라보더니 이렇게 말했다.

"이건 진심으로 이야기하는 거야. 난 네가 정말 대단한 애 라고 생각해."

하지만 미나미는 이내 시선을 돌리고 아무런 대꾸도 하지 않았다. 그리고 두 사람은 거의 말도 없이 다시 버스를 타고 집 근처에서 헤어졌다.

2

　야구부에 일어난 또 한 가지 사건은 니카이 마사요시가 매니지먼트팀에 가세했다는 사실이다. 미나미는 전부터 마사요시를 매니지먼트팀에 끌어들이고 싶어 몇 차례 말을 꺼낸 적이 있었다.

　하지만 그동안 마사요시는 미나미의 제안을 고집스럽게 거부해왔다. 마사요시는 마사요시대로 어차피 야구부에 들어왔으니 주전 선수가 되고 싶다는 생각이 강했기 때문이다. 아무리 실력이 뒤떨어진다고 해도, 아니 뒤떨어지기 때문에 오히려 실력으로 승부를 보고 싶다는 생각에 사로잡혀 있었다.

　그런 사실을 안 뒤로는 미나미도 마사요시에게 매니지먼트팀에 들어오라는 이야기를 더이상 하지 않았다. 그래도 매니지먼트 문제로 의논을 하거나 어드바이스를 구하기는 했다. 미나미 주변에 있는 사람들 가운데 드러커를 잘 알고 매니지먼트에 조예가 깊은 사람은 마사요시 이외에 아무도 없었기 때문이다.

　그런데 마사요시가 매니지먼트에 대해 어드바이스를 할수록, 미나미의 매니지먼트가 진행될수록 부원들이 실력이 점점 향상되기 시작하였다. 아이러니하게도 마사요시가 주전 선수가 될 가능성은 점점 더 줄어들었다. 물론 마사요시의 실력도 늘기는 했다. 하지만 다른 부원들의 실력이 그 이상으로 늘었던 것이다.

그러던 어느 날, 미나미가 여느 때와 마찬가지로 매니지먼트 이야기를 하고 있는데 미나미의 얼굴을 뚫어지게 바라보던 마사요시가 불쑥 입을 열었다.

"저어……."

"응?"

마사요시의 태도가 평소와 다르다는 사실을 눈치 챈 미나미도 그의 얼굴을 뚫어지게 바라보았다. 그러자 시선을 피하듯 고개를 돌린 마사요시가 말을 꺼내지 못하고 잠시 침묵했다. 미나미가 묵묵히 기다리고 있자 이윽고 다시 미나미를 바라보며 이렇게 말했다.

"나도 매니지먼트 쪽 일을 하게 해줄래?"

이렇게 해서 그때까지 가치 감독, 주장인 호시데, 그리고 미나미와 아야노, 3명의 신입 매니저를 더해 7명이 하던 매니지먼트 회의에 마사요시도 정기적으로 참가하게 되었다.

마사요시는 회의에 참석하면서부터 다양한 아이디어를 내놓았다. 마치 둑이 무너진 듯 아이디어를 쏟아냈고, 그걸 실행에 옮기기 위해 분주히 움직였다.

마사요시는 원래 기업가가 되고 싶어 야구부에 들어왔을 정도로 뭔가를 경영하는 일에는 지식과 정열이 남다른 친구였다. 그는 매니지먼트에 대한 여러 가지 아이디어가 있었고, 또 그것을 실천할 수 있는 강한 의지와 행동력도 갖추고 있었다.

마사요시는 먼저 '다른 부와 합동 연습을 하자'는 아이디어를 내놓았다. 미나미가 컨설턴트를 해주는 몇몇 동아리에 연습 협조 요청을 하자는 이야기였다. 예를 들면 육상부에는 야구부의 '주력 향상'에 대해 협조해줄 것을 부탁하자는 것이었다.

'주력 향상'은 그 무렵 야구부의 과제 가운데 하나였다. 가치 감독이 내세운 '노 번트 노 볼 작전'에 따라 앞으로는 보내기 번트를 하지 않기로 결정했는데, 그에 따라 도루나 히트앤드런이 더욱 중요해졌다. 그래서 부원들의 주력 향상이 중요한 과제로 떠올랐는데, 그걸 육상부와 협력하여 추진하면 어떻겠느냐고 마사요시가 제안한 것이다.

그의 아이디어는 이런 내용이었다. 육상부는 미나미가 컨설팅을 해주고 있기 때문에 야구부와 좋은 관계를 유지하고 있다. 그 연장선에서 육상부 여자 주장인 고지마 사야카에게 야구부 부원들의 달리기 지도를 부탁한다. 사야카는 단거리가 특기이니 부원들을 잘 지도해줄 것이다. 이건 야구부에만 이로운 게 아니다. 사야카에게도 메리트가 있다. 왜냐하면 자신의 특기를 살려 다른 사람들을 지도하는 일이 사야카에게는 자아실현의 기회도 되기 때문이다.

《매니지먼트》에는 '매니지먼트의 정통성'에 대한 설명이 있다.

정통성의 근거는 단 하나뿐이다. 바로 사람의 장점을 생산적인 것으로 만들어주는 일이다. 이것이 조직의 목적이다. 그리고 매니지먼트가 힘을 받을 수 있도록 해주는 기반이 정통성이다. 조직이란 개체로서의 인간 한 사람 한 사람에게, 사회 구성원으로서의 인간 한 사람 한 사람에게 뭔가 공헌하게 만들어 자아실현을 가능하게 하기 위한 수단이다.

(275~276쪽, 결론)

마사요시의 제안은 사야카의 장점을 생산적으로 활용하는 것이었다. 사야카는 미나미한테 이 아이디어를 전해 듣자 지금까지 좋은 관계를 유지해왔기 때문인지 선뜻 받아들였다. 이에 따라 야구부는 일주일에 한 차례 사야카의 지도를 받으며 주력 향상 연습을 하게 되었다.

유도부에는 유도 선수처럼 탄탄한 하체를 만들기 위한 목적으로 투수인 아사노 게이치로와 니이미 다이스케를 보냈다. 두 사람은 유도부 부원들과 함께 다다미 위에서 하체 단련 훈련에 착수했다.

요리 동아리에는 야구부가 정기적으로 '시식'을 맡겠다고 신청했다. 훈련하느라 배가 고픈 야구부 부원들에게 요리 동아리가 만든 음식을 먹이고 싶다고 부탁했던 것이다. 그 대신 자세한 시식 소감, 즉 피드백을 남겨 요리 솜씨를 향상시킬 수 있도록 돕겠다고 약속했다.

시험 삼아 연 시식회 때 마사요시는 부원들의 자세한 감상을 정리해 자료로 만들고, 그래프와 분석까지 덧붙여 제출했다. 요리 동아리는 전에 없던 귀중한 마케팅 데이터가 생겼다면서 크게 기뻐했다. 덕분에 그 시식회는 일주일에 한 차례씩 정기적으로 열기로 결정되었다.

취주악부에는 시합용 응원가를 편곡해달라고 의뢰했다. 그것도 취주악부가 연주할 가치가 있는 본격적인 편곡을 부탁했다. 편곡은 여름 대회 때까지 만들기로 했고, 그 작업 마무리는 마사요시가 담당하기로 했다.

마사요시는 미나미가 추진해온 '사회문제에 대한 공헌'에 대해서도 그 범위를 학교뿐만이 아니라 외부까지 넓히자고 제안했다.

마사요시는 우선 지역 소년야구 리그에 요청해, 어린이들을 그라운드로 불러 부원들이 야구교실을 여는 건 어떻겠느냐는 의견을 내놓았다. 마사요시가 이런 제안을 한 데는 목적이 있었다. 그건 어린이들을 지도하는 일을 통해 부원들의 실력을 향상시키겠다는 것이었다.

마사요시는 그 힌트를 육상부 사야카에게서 얻었다. 야구부는 얼마 전부터 사야카에게서 달리기 지도를 받고 있는데, 그 과정을 통해 야구부 부원들은 물론이고 사야카 스스로도 주력이 향상되었던 것이다.

"나도 깜짝 놀랐어."

사야카가 말했다.

"내 기록도 단축되었다니까. 야구부 부원들을 가르치다 보니 달리기를 새삼 다른 시각에서 볼 수 있게 되었던 것 같아. 부원들이 달리는 모습을 보며 생각지도 못한 힌트를 얻기도 하고 아이디어가 번쩍 떠오르기도 했어. 결국 부원들을 가르치면서 나도 그들에게 배운 셈이 됐어."

마사요시는 그런 뜻하지 않은 효과를 야구부 부원들에게도 응용할 방법을 궁리했다. 어린이들에게 야구를 가르치면서 거꾸로 그들로부터 배우거나 실력 향상을 꾀할 수도 있겠다는 생각을 한 것이다.

그 일과는 별도로 마사요시는 근처에 있는 사립대학과도 협력 관계를 맺자고 했다. 그 대학 야구부는 전국적으로 유명한 강호다. 선수들 가운데는 고교 시절에 고시엔 구장을 밟은 경험이 있는 부원이 여럿 있다. 그 경험자들을 학교로 초청해 강연을 부탁하기로 한 것이다. 그렇게 해서 부원들이 '고시엔 대회에 출전한다'는 사실을 더욱 실감 나게, 가깝게 느끼도록 만들려고 했다.

그런 식으로 마사요시는 계속해서 아이디어를 냈다. 미나미는 그런 제안 대부분을 이런저런 토를 달지 않고 밀어주었다. 마사요시가 내는 아이디어에 관해 좋다, 나쁘다 판단하지 않으려고 애를 썼다. 때로는 의문 나는 것도 없지 않았지만, 그런 생각을 입 밖에 내지 않았다. 거의 무조건적으로 그 실행을 거들었다.

그 까닭은 아이디어의 좋고 나쁨을 판단하는 것은 자기 역할이 아니라고 생각했기 때문이다.

《매니지먼트》에는 이런 내용이 있었다.

어느 조직이나 무사안일주의의 유혹을 받는다. 조직의 건전함이란 매우 수준 높은 요구다. 자기 목표를 관리하려면 고도의 기준이 필요하기 때문이다. 그러려면 성과란 무엇인지를 이해해야 한다.

성과는 백발백중이 아니다. 백발백중 성과를 올리는 일은 불가능하다. 성과란 장기적으로 보아야 한다. 그렇기 때문에 결코 실수나 실패를 모르는 사람을 믿어서는 안 된다. 그런 사람들은 무난한 일, 별 볼 일 없는 일만 해온 사람들이다. 성과란 야구의 타율 같은 것이다. 약점이 없을 수 없다. 약점만 지적당하면 사람들은 의욕도 잃고 사기도 떨어진다. 뛰어난 사람일수록 많은 실수를 저지른다. 뛰어난 사람일수록 새로운 일을 시도하려고 든다.

(145~146쪽, 제5장 매니저 - 26. 조직의 정신)

미나미는 마사요시가 하려는 일이 야구부에 도움이 되는 건지, 아닌지 알 수 없었다. 하지만 그게 '새로운 시도'라는 것만은 잘 알고 있었다. 그래서 그의 '의욕'과 '사기'를 중요하게 여기려 했던 것이다.

그렇게 한 데는 또 다른 목적도 있었다. 그건 야구부에 팀 형태의 '톱매니지먼트(경영 계획을 조정하고 결정하는 기업의 최고 경영진 또는 이를 중심으로 하는 과학적 경영 관리 방식—옮긴이)'를 확립하고 싶었기 때문이다.

《매니지먼트》에는 이렇게 적혀 있었다.

톱매니지먼트가 팀으로서 움직일 수 있으려면 몇 가지 엄격한 조건을 충족시켜야만 한다. 팀은 단순하지 않다. 사이가 좋다고 해서 제 기능을 한다는 보장은 없다. 톱매니지먼트가 제대로 기능을 발휘하려면 인간관계를 통해야만 한다.

①톱매니지먼트 멤버는 각자의 담당 분야에서 최종적인 결정권을 지녀야만 한다.

②톱매니지먼트 멤버는 자기 담당 이외의 분야에 관해 의사 결정권을 행사하려고 해서는 안 된다. 그 분야 담당 멤버에게 맡겨두어야 한다.

③톱매니지먼트 멤버는 사이가 좋아야 할 필요가 없다. 서로 존경할 필요도 없다. 다만 서로를 공격해서는 안 된다. 회의실

밖에서 서로 이러쿵저러쿵 하거나 비판하거나 헐뜯어서는 안 된다. 서로를 칭찬하는 일도 아예 하지 않는 편이 낫다.

④톱매니지먼트는 위원회가 아니다. 팀이다. 팀에는 캡틴이 있다. 캡틴은 보스가 아니라 리더다. 캡틴이 하는 역할의 무게는 다양하다.

(228쪽, 제8장 톱매니지먼트 – 38. 톱매니지먼트의 구조)

미나미는 자기가 담당하는 분야 이외에는 의사결정을 하지 않으려고 했던 것이다. 다른 멤버가 담당하는 일에 관해서는 최종 결정권을 그들이 행사하도록 했다. 최종 결정권을 분담하면 미나미가 해야 할 일이 줄어들어, 그 덕분에 자신이 담당하는 일에 더욱 집중할 수 있게 되었다. 책임을 분담했기에 얻을 수 있었던 일석이조의 효과였다.

3

4월 들어 새 학년이 시작되었다. 미나미는 드디어 3학년이 되었다. 이제 고시엔 대회 출전을 결정짓는 여름 대회까지는 3개월 정도밖에 남지 않았다.

새 학년이 시작되자 야구부에는 몇 가지 변화가 생겼다. 그

가운데 하나는 신입 부원이 들어온 일이다. 가입 희망자는 여느 해보다 약 세 배나 많은 32명이었다. 모집 활동도 거의 하지 않았는데 이렇게 많은 학생들이 가입 신청을 하다니, 놀라운 일이었다. 야구부 매니지먼트가 내부에서 알고 있는 것보다 훨씬 더 좋게 소문이 나 그 이야기를 들은 학생들이 몰려들었던 것이다.

하지만 미나미는 이런 현상을 마냥 기뻐하지는 않았다. 조직의 규모라는 게 커진다고 마냥 좋은 것은 아니기 때문이다. 《매니지먼트》는 이렇게 설명하고 있었다.

조직에는 산업이나 시장에 따라 그 이하로는 존속할 수 없는 최소 규모의 한계라는 것이 있다. 반대로 일정 한도 이상을 넘어가면 아무리 매니지먼트하려고 해도 계속 번영할 수 없게 되는 최대 규모의 한계도 있다.

(236쪽, 제9장 매니지먼트의 전략 – 40. 규모의 매니지먼트)

또 이런 이야기도 적혀 있었다.

시장에서 목표로 삼아야 할 규모는 최대가 아니라 최적(最適)이다.

(31쪽, 제1장 기업의 성과 – 4. 사업의 목표)

야구부가 목표로 해야 할 규모는 '최대'가 아니라 '최적'이었다. 그래서 미나미는 '야구부에 가장 적합한 규모'라는 게 어느 정도인지 생각해보았다. 그 실마리 또한 《매니지먼트》에 있었다.

실은 규모에 관한 가장 큰 문제는 조직 내부에 있지 않다. 매니지먼트의 한계에 있는 것도 아니다. 최대의 문제는 지역사회와 비교했을 때 조직이 지나치게 크다는 데 있다.

지역사회와의 관계 때문에 행동의 자유가 제약받아 사업상 혹은 매니지먼트에 있어서 필요한 의사결정을 할 수 없게 되었다면 규모가 지나치게 크다고 보아야 한다. 지역사회를 염려하다 보니 조직과 사업에 해가 될 게 분명한 일을 해야 할 때는 규모가 너무 커진 것으로 보아야 한다.

(243~244쪽, 제9장 매니지먼트의 전략 – 40. 규모의 매니지먼트)

야구부의 규모가 커질 경우 두 가지 문제가 발생한다. 하나는 후보 선수가 늘어난다는 것이다. 고교야구는 시합에 나갈 수 있는 인원도, 등록 선수로 이름을 올릴 수 있는 인원도 애당초 정해져 있다. 그래서 부원이 늘어나면 그만큼 아쉬움을 느껴야 하는 사람, 즉 감동을 느낄 수 없는 사람도 늘어나게 된다. 그렇다면 '고객에게 감동을 주기 위한 조직'이 되고자 하는 야구부의 목표에서 멀어지게 된다.

또 한 가지 문제는 다른 동아리의 부원들이 줄어든다는 것이다. 야구부가 지나치게 커지면 다른 동아리는 당연히 부원이 부족해질 수밖에 없다. 이렇게 되면 '사회에 이바지한다'는 매니지먼트의 역할을 제대로 해내지 못하는 꼴이 되고 만다.

게다가 야구부 성적도 떨어질지 모른다. 조직이란 시장을 독점하기보다 실력 있는 경쟁 상대가 있을 때 훨씬 좋은 실적을 내기 때문이다.

《매니지먼트》에는 이렇게 적혀 있었다.

매우 빠른 속도로 확대되고 있는 시장, 특히 새로운 시장에서는 독점적 공급자의 실적은 실력 있는 경쟁 상대가 있을 때보다 못한 경우가 많다. 모순이라고 생각될지도 모른다. 사실 대부분의 기업인이 그렇게 생각할 것이다. 하지만 새로운 시장, 특히 규모가 큰 새 시장은 공급자가 한 회사일 때보다 복수일 때가 훨씬 더 빨리 확대되는 경향을 보인다.

(30~31쪽, 제1장 기업의 성과 − 4. 사업의 목표)

그렇기 때문에 이러한 문제를 불러올 규모 확대는 어떻게 해서든 피해야만 했다. 미나미는 야구부에 들어오겠다는 희망자들을 무조건 받아들이지 않고 일단 만나서 그들의 바람과 희망을 들어보았다. 그다음에 희망자들이 지닌 현실, 욕구, 가치가 야구부와 어울리지 않는다고 판단되면 다른 동아리를 권했다. 그렇게 해서 희망자들에게나 야구부에나 가장 적합한 길을 찾으려고 했던 것이다.

이건 무척 어려운 작업이었다. 미나미가 매니지먼트를 시작한 이래 가장 힘든 일이었다고 할 수 있을 것이다.

《매니지먼트》도 같은 지적을 하고 있었다.

부적절한 규모는 톱매니지먼트가 직면하는 문제 가운데 가장 까다롭다. 자연스럽게 해결될 수 있는 문제가 아니다. 용기와 진지함, 행동을 필요로 한다.

(244쪽, 제9장 매니지먼트의 전략 - 40. 규모의 매니지먼트)

또 이런 말도 있었다.

진지함을 절대적으로 중요시해야만 제대로 된 조직이라고 할 수 있다. 진지함은 우선 인사문제에 관한 결정에서 상징적으로 드러난다. 억지로 진지해질 수 있는 것은 아니다. 이미 진지함이 몸에 배어 있어야 한다. 속임수 같은 것은 통하지 않는다. 함께 일하는 사람, 특히 부하를 진지하게 대하는가, 아닌가는 2~3주일쯤 지나면 다 알 수 있다. 무지와 무능, 나쁜 태도, 믿음직

스럽지 못한 모습 등에는 관대할 수 있다. 하지만 진지함이 결여되어 있다면 그건 받아들일 수 없다. 결코 용서가 안 된다. 사람들은 진지하지 못한 이를 매니저로 뽑는 걸 허락하지 않는다.

(147쪽, 제5장 매니저 – 26. 조직의 정신)

미나미는 이 말을 가슴에 새기고 야구부에 들어오기를 희망하는 학생들과 이야기를 하며 규모의 문제를 해결하려고 애썼다. 그 결과 최종적으로 신입 부원은 12명으로 줄어 야구부 전체 인원은 38명이 되었다.

신입 부원들이 들어오자 미나미를 비롯한 매니저들은 전략을 새로 세울 필요가 생겼다. 조직 규모가 커졌기 때문이다. 《매니지먼트》는 이 부분을 다음과 같이 설명하고 있다.

규모는 전략에 영향을 미친다. 반대로 전략 또한 규모에 영향을 미친다.

(236쪽, 제9장 매니지먼트의 전략 – 40. 규모의 매니지먼트)

그다음에 착수한 일이 '자기 목표 관리'였다. 여름 대회까지는 이제 얼마 남지 않았다. 그 한정된 시간을 효과적으로 쓰기 위해서는 모든 부원들이 각자 자기 목표를 관리할 필요가 있었다.

《매니지먼트》를 인용해보자.

매니저라면 위로는 사장부터 아래로는 과장, 계장, 주임에 이르기까지 뚜렷한 목표를 세워야 한다. 목표가 없으면 혼란스러워진다. 목표를 명확히 하기 위해서는 자기가 이끄는 부문이 거두어야 할 성과를 분명하게 해야 한다. 다른 부문이 목표를 달성하는 데 이바지할 수 있다는 사실을 명확히 할 수 있어야 한다.

(139쪽, 제5장 매니저 – 24. 자기 관리를 통한 목표 관리)

이 말에 따라 미나미를 비롯한 매니저들은 조직으로서는 물론 부원 한 사람 한 사람에 대해서도 구체적인 목표를 정해 나갔다.

우선 유키를 중심으로 마케팅 목표가 정해졌다. 여름 대회가 시작될 때까지 다시 한 번 병문안 면담을 하기로 한 것이다. 이번에는 미나미가 함께 있지 않고 유키 혼자서 면담을 진행하기로 했다. 유키가 자진해서 좀 더 큰 부담을 지려고 했기 때문이다.

대신 이번 병문안 면담은 3개월이라는 오랜 시간을 들여 하기로 했다. 여름 대회 직전까지다. 병문안 면담은 지금까지 여름방학에 한 차례, 겨울방학을 전후해 한 차례 있었다. 지난 두 번의 병문안 면담은 1개월가량 걸렸는데 이번에는 석달 동안 느긋하게 진행하기로 했다. 신입 부원이 들어오고, 여름 대회가 다가와 스케줄 조정이 어려웠기 때문이기도 하지만 무엇보다 유키의 건강을 염려해 시간적 여유를 넉넉하게 둔 것이다.

유키의 건강은 수술 뒤 소강상태가 이어지고 있었다. 수술을 했다고 해서 금방 낫는 병이 아니었던 모양이다. 앞으로도 계속 투약 치료를 받으며 회복되기를 기다려야 한다고 했다. 무슨 수치가 더 내려가야 퇴원할 수 있다는 것이다. 그래서 미나미는 그 수치가 여름 대회 전까지 내려가기를 기도했다. 여름 대회 때는 유키가 꼭 벤치에서 시합을 지켜볼 수 있게 되기를 바랐다. 그건 미나미의 간절한 소망이었다.

그다음에는 아야노가 중심이 되어 연습 목표를 정하게 했다. 목표는 야구부의 정의인 '감동을 준다'와 부 전체의 목표인 '고시엔 대회에 나간다'는 것, 그리고 이를 위한 전략 지침인 '노 번트 노 볼 작전' 등을 바탕으로 결정되었다. 또 각자의 목표를 정할 때는 '집중의 목표'를 고려했다.

《매니지먼트》에는 이렇게 적혀 있었다.

마케팅에 대한 목표를 다룬 책들은 이미 많이 나와 있다. 하지만 그 책들은 이런 모든 목표가 다음과 같은 두 가지 기본적인 의사결정을 내리기 전에는 설정할 수 없다는 사실을 너무 가볍게 보고 있다. 즉 집중의 목표와 시장 지위의 목표 문제다.

고대의 위대한 과학자 아르키메데스는 "내게 서 있을 자리를 다오. 그러면 세상을 들어 올리겠다"고 했다. 아르키메데스가 원한 '서 있을 자리'가 바로 집중해야 할 분야인 셈이다. 집중해야만 세상도 들어 올릴 수 있다. 그만큼 집중의 목표는 기본 중의 기본이라고 할 만큼 중대한 의사결정이다.

(29쪽, 제1장 기업의 성과 – 4. 사업의 목표)

야구부 연습에는 집중해야 할 포인트, 즉 '서 있을 장소'가 필요했다. 여름 대회까지 남은 시간은 이제 3개월뿐이었다. 그 사이에 할 수 있는 일은 한정될 수밖에 없었다. 그래서 집중할 일을 선택하고, 버릴 건 버릴 필요가 있었다.

아야노는 가치 감독과 의논해 공격과 수비에 대해 각각 하나씩 포인트를 정한 다음 3개월 동안 그 문제에만 집중하기로 했다. 그리고 나머지는 모두 포기했다.

우선 공격의 포인트를 '스트라이크와 볼을 제대로 골라내기'로 정했다. 스트라이크와 볼을 골라낼 줄 알아야 '볼에는 방망이가 나가지 않고, 스트라이크만 친다'가 가능해진다.

이는 야구에서 기본 중의 기본이다. 누구나 알고 있는 기초 가운데 기초였다. 볼에 방망이가 나가면 안타를 치기 힘들 뿐만 아니라 상대 투수의 볼카운트를 유리하게 만든다. 타자로서는 최대한 피해야 할 일 가운데 하나다. 하지만 투수는 그걸 노린다. 절묘한 코너를 찔러 어떻게든 볼을 치도록 하려고 든다. 그게 요즘의 '볼을 치게 만드는 투구 기술'의 유행으로 이어지고 있는 것이다.

아야노는 그 문제를 해결하겠다는 의지가 있었다. 만약 볼에 방망이가 나가지 않게 되면 '볼을 치게 만드는 투구 기술'은 아무짝에도 쓸모없어진다. 그건 가치 감독이 내건 '노 번트 노 볼 작전'과도 연결되며 고교야구의 상식 하나를 깨부수는 일이 되기도 한다. 말하자면 여기서도 이노베이션을 일으키려고 한 것이다.

이를 위해 야구부는 스트라이크존을 벗어나는 볼을 골라내는 연습을 집중적으로 하게 되었다. 공격에 관해서는 오로지 그 연습만 했다.

수비에서는 '실책을 두려워하지 않기'로 정했다. 투수진에게는 감독이 '노 볼 작전'이라는 지침을 밝혔다. 볼을 던져 타자를 유인하지 않고 모두 스트라이크로 승부를 겨루겠다는 것이다. 이렇게 되면 당연히 얻어맞을 가능성도 높아 수비에서 느끼는 부담감이 커질 수밖에 없다.

그때 야수가 실책을 범하는 일은 별 문제가 아니다. 그건 피할 수 없는 일이라고 생각했기 때문이다. 호도고의 수비 수

준을 남은 3개월간 고시엔 대회에 출전할 수 있는 수준으로 끌어올리기는 무리였다. 실책은 어차피 나오게 되어 있었다.

따라서 실책을 범해도 움츠러들지 않는 배짱이 필요했다. 실책을 머릿속에서 빨리 지워내야 연쇄반응을 일으키지 않는다. 실책을 저지를까 봐 두려워 소극적인 수비를 하지 않도록 만들어야 했다.

감독과 아야노는 '실책을 두려워하지 않기'가 호도고의 고시엔 대회 출전에 있어 가장 중요한 열쇠가 될 거라고 생각하고 있었다. 그래서 '실책을 두려워하지 않기' 연습을 철저하게 반복하기로 했던 것이다.

구체적인 방법으로 대담한 전진 수비 연습을 시켰다. 선수 전원이 원래 위치보다 두세 걸음 앞으로 나와 수비하도록 한 것이다. 그건 실책을 저지를 경우 변명거리를 주기 위해서였다. 전진 수비를 하면 타구가 그만큼 빨리 도달하기 때문에 처리하기가 어려워진다. 따라서 실책을 범할 확률도 높아질 수밖에 없다. 하지만 전진 수비를 지시한 사람이 감독이라면 실책을 범해도 그건 감독 책임이지 선수 책임은 아니라는 이야기다. 누가 지시했는가만 분명하게 해두면 실책을 저지르고도 움츠러드는 일은 줄어들 거라고 생각했던 것이다.

그뿐만 아니라 전진 수비를 하게 되면 더 적극적인 마음가짐을 갖게 될 거라는 계산도 있었다. 몸을 앞으로 구부리고 어떤 타구라도 실책을 두려워하지 않고 잡아내게 하려고 했다.

그래서 수비 역시 다른 연습은 전혀 하지 않았다. 오로지 전진 수비 하나만 연습하고 또 연습했던 것이다.

한편 투수들은 '맞혀 잡기' 연습에 집중했다. 여름 대회에서 투수들에게 가장 큰 적은 상대편 타자가 아니라 '피로'였다. 강렬하게 내리쬐는 한여름 햇볕 때문에 체력이 빨리 소모된다. 시합에서 계속 이길수록 연속되는 시합 때문에 피로는 더욱 가중된다.

그런 문제를 해결하기 위해서는 스태미나를 최대한 아끼는 것이 최고였다. 그리고 이를 위해서는 투구 수를 줄이고 마운드에 있는 시간을 짧게 만들 필요가 있었다. 투수는 스트라이크를 던지는 일이 무엇보다 중요하다. 가치 감독의 '노 볼 작전'은 그런 판단에서 나온 것이었다. 타자를 유인하는 공을 던지지 않으면 투구 수는 줄일 수 있다.

의도적으로 볼을 던지는 일 없이 타자를 '맞혀 잡기' 위해서는 공이 낮게 컨트롤되어야 하고 타자 앞에서 날카롭게 꺾이는 변화구가 필요했다. 이런 공을 던지기 위해서는 강인하면서도 유연한 하체가 필요했다. 그래서 게이치로와 다이스케 두 투수에게는 철저한 하체 단련 목표가 주어졌다.

그야말로 가혹한 트레이닝이었다. 두 사람은 유도부와도 함께 연습했을 뿐만 아니라 다른 부원들은 일주일에 한 차례

만 하는 로드워크를 매일 해야 했다. 다른 선수들과 달리 팀 제 훈련에 참가하지 않기 때문에 고독하고 무거운 책임감이 어깨를 짓눌렀다.

하지만 두 사람은 그 고된 훈련을 잘 견뎌냈다. 특히 게이 치로의 투지는 대단했다. 게이치로는 어느 날 가치 감독으로 부터 고교야구의 전설적인 투수 구와타 마스미에 대한 이야 기를 들었다.

요미우리 자이언츠 투수였던 마스미는 팔꿈치 부상을 당해 쉬고 있을 때도 틈만 나면 2군 훈련장을 달렸다. 그라운드를 수도 없이 왔다 갔다 했다. 그가 달렸던 곳에만 잔디가 벗겨 져 흔적이 또렷하게 남았다. 그게 점차 '구와타 로드'로 불리 기 시작했고, 그가 남긴 전설 가운데 하나가 되었다.

가치 감독은 게이치로에게 구와타 같은 훈련을 할 것을 요 구했다. 학교 근처에 있는 공원에서 같은 곳을 수도 없이 오 가게 했다. 그리고 '구와타 로드'처럼 게이치로만의 길을 만 들게 했다.

게이치로는 가치 감독의 그런 요구에도 응했다. 매일 같은 공원의 같은 곳을 질리도록 달렸다. 공원 관리인은 게이치로 가 뛰었던 흔적을 발견하여 그 부분만 잔디를 다시 깔았다. 그 바람에 길이 나지는 않았지만 그래도 그 부분은 '아사노 로 드'로 불리게 되었고, 그 뒤로도 야구부 투수가 달리는 전통적인 길로 계승되었다.

아야노는 이런 식으로 부원 개개인의 훈련 메뉴를 만드는 한편, 여자 매니저들을 조직하여 리서치팀을 짰다.

야구부가 '고시엔 대회 출전'이라는 목표를 달성하기 위해서는 맞붙을 학교에 대한 상세한 데이터가 필요했다. 호도고가 포함된 도쿄 서부 지역은 대충 싸워도 이길 수 있는 만만한 곳이 아니었다. 그리고 '스트라이크와 볼을 제대로 가린다'는 작전을 제대로 펼치기 위해서는 상대 투수의 공 배합이나 버릇 등을 알아야 했다.

그래서 아야노는 예전에 문제아였다가 매니저가 된 3명과 신입생 여자 매니저들을 동원해 시합 상대가 될 것으로 예상되는 모든 학교에 대한 조사에 착수했다. 그런데 이 작업이 뜻하지 않은 성과를 올렸다. 문제아였던 3명이 대단한 활약상을 보인 것이다.

그들은 모두 두둑한 배짱과 행동력으로 다른 학교 연습장에도 거리낌 없이 들어가 연습하는 모습을 상세하게 보고 왔다. 또 교섭 능력도 뛰어나 여러 학교에서 연습하는 모습을 비디오로 촬영해도 된다는 허락을 받아냈다. 덕분에 그들이 찍어온 다른 학교의 연습 동영상을 가치 감독과 아야노가 분석하면서 완벽한 대책을 세울 수 있었다.

4

여름 대회가 한 달 앞으로 다가오자 야구부에는 또 다른 변화가 생겼다. 그건 처음엔 아주 작은 조짐에 지나지 않았다. 하지만 그 조짐이 점점 번지더니 어느새 야구부 전체를 휩싸게 되었다.

그것은 '사회로부터의 영향'이었다. 야구부는 지금까지 사회문제에 이바지하려고 여러 가지 일을 해왔는데, 이번에는 거꾸로 사회로부터 영향을 받게 된 것이다.

변화의 첫 번째 모습은 매주 토요일에 열리는 소년야구교실에서 나타났다. 지도하던 팀 가운데 하나가 지역 대회에서 우승한 것이다. 그러자 그 답례로 어린이들이 편지를 써서 보내왔다. 그것도 야구부 부원 한 사람 한 사람 앞으로 쓴 것이다.

그 일이 부원들에게는 큰 자극이 되었다. 난생처음 받아보는 감사 편지에 감동한 것이다. 부원들은 매니지먼트팀이 여러 차례 주장해온 '사회문제에 대한 공헌'과 '고객에게 감동을 주기 위한 조직'이라는 야구부의 정의가 지닌 의미를 비로소 또렷하게 느꼈던 것이다.

근처 사립대학 야구부에 소속된 고시엔 대회 경험자를 초청해 이야기를 듣는 강연회에서도 변화가 있었다. 이 강연회가 끝나면 부원 모두가 반드시 감상문을 쓰기로 되어 있었다.

그러자 그걸 기특하게 여긴 강연자 가운데 한 명이 부원들을 대학 야구부 연습에 초대해주었던 것이다. 대학생들은 부원들을 지도했을 뿐만 아니라 비공식적이기는 해도 연습 시합까지 상대해주었다.

이건 매우 이례적인 일이었다. 그 대학은 전국 대회에서도 여러 차례 우승한 적이 있는 명문이었다. 고시엔 대회 경험자가 여러 명 있었고, 예전에는 프로야구 선수도 여러 명 배출했다.

그런 일류대학 야구팀이 이름도 없는 도립고등학교 야구부를 상대해준 것이다. 결과야 볼 것도 없이 엄청난 차이로 졌지만 수준이 훨씬 높은 야구를 접할 수 있었다는 점은 부원들에게 더할 나위 없이 귀중한 공부가 되었다.

이러한 현상은 학교 밖에서만 일어난 것은 아니었다. 야구부는 학교 내부로부터도 큰 영향을 받게 되었다. 예를 들면 처음에는 일주일에 한 번이었던 요리 동아리의 시식 모임이 이제는 거의 매일 열리게 되었다. 또 날씨가 좋은 날이면 취주악부가 그라운드까지 와서 응원가를 연주해주었다. 덕분에 야구부는 늘 따뜻한 음식과 흥겨운 음악이 어우러진 가운데 연습할 수 있었다.

마침 이 무렵 그라운드에는 취주악부에 치어리더부까지 와서 연습하기 시작했다. 이건 사실 미나미가 뒤에서 슬며시 조종한 일이기는 하지만 덕분에 부원들은 연습에 더욱 열을 올리게 되었다.

이렇게 해서 야구부는 여름 대회가 다가올수록 분위기가 점점 달아올랐다. 한 달이라는 시간이 그야말로 눈 깜짝할 사이에 지나갔다. 부원들은 일찍이 경험한 적이 없을 정도의 집중력으로 연습에 임했다.

이윽고 7월에 들어서자, 여름 대회가 일주일 앞으로 다가왔다.

그날 야구부에서는 여름 대회에 참가할 선수들 명단을 발표하기로 되어 있었다. 연습이 끝나고 해가 뉘엿뉘엿 저물어 갈 무렵, 그라운드의 벤치 앞에 전원이 집합했다. 가치 감독이 대회에 나갈 선수 이름을 하나하나 부르며 등번호까지 배정할 예정이었다.

"이제부터 명단을 발표하겠다. 이름을 부르면 한 사람씩 앞으로 나와 등번호를 수령하도록!"

가치 감독의 말이 끝나자마자 부원들 사이에는 긴장감이 감돌았다. 가치 감독이 말을 이었다.

"그 전에 잠깐 발표할 내용이 있다. 주장, 앞으로 나오도록!"

주장인 호시데 준이 부원들 앞에 나섰다.

그러자 부원들이 웅성거리기 시작했다. 등번호를 나눠주기 전에 주장이 뭔가를 발표하는 일은 여태껏 없었기 때문이다.

웅성거리는 소리가 잦아들자 가치 감독이 입을 열었다.

"사실은 호시데가 주장을 그만두게 되었다."

모두들 "예엣?" 하며 놀랐다. 가치 감독이 말을 이었다.

"아아, 그렇다고 해서 야구부를 그만두는 건 아니다. 호시데는 지금까지와 마찬가지로 계속 야구부에 있을 거다. 호시데는 주장을 그만두는 대신 시합이나 플레이에 더 신경 쓰기로 했다. 그렇지, 호시데?"

호시데는 말없이 고개를 끄덕였다. 그런 호시데를 바라보며 감독이 말했다.

"그럼, 이제 새 주장을 발표하겠다. 아, 새 주장에게는 등번호 10번을 부여한다. 그러니 이름이 불리면 앞으로 나와서 이 번호를 받도록."

그러더니 옆에 서 있는 아야노에게서 넘겨받은 등번호 10번을 들어 보였다.

그러자 웅성거리던 부원들은 대번에 물을 끼얹은 듯 조용해졌다. 가치 감독은 그 조용해진 순간을 노려 주위를 둘러보더니 천천히 이렇게 말했다.

"새 주장은, 니카이 마사요시!"

그러자 이번에는 "와아!" 하는 환성을 질렀다.

부원들은 마사요시의 모습을 찾았지만 바로 발견하지는 못했다. 부원들이 있는 줄에서는 그의 모습을 찾아볼 수 없었기 때문이다. 마사요시는 부원들과는 별도로 여자 매니저들과 함께 서 있었다. 그 제일 끝에 있는 미나미 옆에 서서 감독의 말을 듣고는 멍하니 입을 벌리고 있었다.

마사요시는 깜짝 놀랐다. 자기가 새 주장에 지명될 줄은 꿈에도 몰랐다. 아니, 자기가 등록 선수로 뽑힐 거라는 생각조차 하지 않았다. 그래서 부원들과 떨어져 매니저의 한 사람으로서 발표를 지켜보고 있었던 것이다.

그런 마사요시를 발견한 부원들이 자못 흥미롭다는 눈빛으로 바라보았다. 마사요시는 그런 시선이 이상하다는 듯이 멍한 표정을 지었다. 그러고는 주위를 두리번거리다가 결국 옆에 서 있는 미나미의 얼굴에서 시선을 멈췄다.

미나미가 마사요시에게 이렇게 말했다.

"나가 봐, 네 이름 불렀잖아."

마사요시는 그제야 "어? 아, 응" 하며 머뭇머뭇 앞으로 나섰다. 그렇게 감독 앞에 섰지만 그때는 이미 표정이 달라져 있었다. 잔뜩 긴장한 얼굴이었다.

감독은 마사요시에게 등번호 10번을 건네며 이렇게 말했다.

"축하한다, 신임 주장!"

그러자 마사요시는 여전히 딱딱한 표정인 채 등번호를 두 손으로 공손하게 받았다.

그때였다. 부원들이 불쑥 박수를 치기 시작했다. 그건 건성으로 치는 것이 아니라 열심히, 진심을 담아 힘껏 치는 박수였다.

마사요시는 울컥 하고 뭔가가 목구멍으로 치밀어 오르는 것을 억제하지 못하고 방금 받은 등번호에 얼굴을 묻었다. 그런 마사요시의 모습이 재미있다는 듯이 부원들의 박수 소리는 더욱 커져만 갔다. 마사요시는 등번호로 가린 얼굴을 들 수가 없었다.

그 광경을 바라보면서 미나미는 문득 '이 팀은 고시엔에 출전할 수 있을 거야'라는 예감을 느꼈다. 그건 느닷없이 다가온 느낌이었다. 미나미는 지금까지 야구부가 고시엔 대회에 나가게 되기를 간절하게 원했지만 실제로 그렇게 될 거라는 예감을 느낀 적은 단 한 번도 없었다. 마음 한구석에서 '진짜 출전할 수 있을까?' 하는 불안감이 있었기 때문인데, 이때는 왠지 고시엔에 출전하게 될 거라는 예감이 생생하게 다가왔다.

미나미는 스스로도 놀랐다. 그래서 무심코 "앗!" 하고 소리를 지르고 말았다.

마사요시는 아직도 울음을 그치지 못하고 있었고, 그런 모습을 부원들의 따스한 박수 소리가 감싸주고 있었다.

7장

미나미,
인사 문제를 처리하다

1

첫 시합을 하루 앞둔 날, 미나미는 유키가 입원해 있는 병실을 찾았다. 그리고 며칠 전 등록 선수 명단을 발표하던 날 느낀 예감에 대해 이야기했다.

유키는 안타깝게도 여름 대회 이전에 퇴원하는 것은 불가능한 상태였다. 유키 어머니의 이야기에 따르면 전에 들었던 무슨 수치라는 게 내려가지 않아 퇴원 날짜를 잡을 수 없다고 했다. 유키의 입원 생활은 어느덧 1년이 다 되고 있었다.

미나미는 기운이 빠졌다. 여름 대회 때는 유키가 야구장 벤치에서 시합을 지켜보게 만드는 것이 미나미의 간절한 바람이었기 때문이다.

그래도 병문안을 간 이날은 그런 실망감을 겉으로 표현할 수 없어서 애써 밝은 표정을 지으며 야구부 소식을 전해주었다.

"정말 그 예감이 너무 또렷하게 왔다니까."

미나미는 진지한 표정으로 말을 이었다.

"우리 야구부는 분명히 출전할 수 있을 거야, 고시엔 대회에 나가게 될 거야, 그런 예감이 팍 오더라고. 그러니까 너도 그 전에 외출할 수 있을 정도로 몸이 회복되었으면 좋겠어."

그러자 유키는 살짝 미소를 짓더니 뭔가 깊은 생각에 잠기는 듯한 표정을 지었다. 미나미는 자기가 무슨 말실수를 한 게 아닌가, 걱정이 들었는데, 유키가 바로 고개를 들더니 이렇게 말했다.

"저어, 미나미……."

"응?"

"내가……전에 이야기한 적 있지? 내가 왜 야구부에 들어왔는지, 그 이유."

"아, 그래……."

이번에는 미나미의 표정이 굳어졌다. 그때의 착잡했던 심정이 되살아났기 때문이다. 하지만 유키는 아랑곳하지 않고 말을 이었다.

"난 그 일을 네게 이야기할 수 있게 되기까지 아주 많은 시간이 걸렸는데, 그때 생각한 게 있었어."

"……뭔데?"

미나미가 조심스럽게 물었다.

"응……, 그게."

유키는 잠깐 생각하더니 이렇게 말을 이었다.

"해야 할 이야기는 하는 게 낫다, 라는 생각이 들었어. 할 이야기를 하지 않으면 나중에 후회할 거야. 나는 이제 해야 할 말을 하지 못해 후회하고 싶지 않아."

"엥?"

미나미가 의아한 표정을 지으며 물었다.

"그게 무슨 소리야? 왜 그래? 무슨 일 있었어?"

그러자 유키는 고개를 젓더니 이렇게 말했다.

"아, 아니야. 음……, 별로 대단한 의미는 없어. 전에는 하고 싶은 말이 있어도 그러지 못해 마음고생을 했거든……. 그래서 앞으로는 하고 싶은 이야기는 할 작정이야. 그러지 않으면 내가 괴로우니까."

미나미의 얼굴에는 걱정스러운 기색이 점점 더 짙어졌다.

"유키, 내가 너한테 무슨 이상한 소리를 했니?"

그러자 유키가 얼른 대답했다.

"어머, 얜. 아, 아니야. 전혀 그렇지 않아. 그런 게 아니라니까. 난 너한테 고마워하고 있어."

"뭐?"

미나미는 깜짝 놀랐다. 유키는 잠깐 뜸을 들였다가 한마디 한마디 확인하듯이 아주 느린 속도로 이렇게 말했다.

"난 말이야, 정말 네게 고마워하고 있어. 넌 내게 감동을 주었으니까."

"……저번에 말한 그 초등학교 때 이야기야?"

유키가 고개를 저었다.

"그건 아니야. 그건 아니고, 네가 야구부 매니저가 된 뒤에……네가 매니저가 된 지 이제 1년이 되었잖아? 난 정말이지 너한테 감동했어."

미나미는 말없이 듣고 있었다. 유키가 계속해서 이야기했다.

"1년 동안 난 정말 감동했어. 전에 말한 초등학교 때 느낀 감동에 못지않을 정도였어. 한 해 동안 네가 야구부에서 해온 일들에서 너무 큰 기쁨과 감동, 보람, 살아갈 용기…… 뭐 이런 여러 가지를 한꺼번에 느꼈다니까."

"……."

"그 말을 하고 싶었어."

유키는 멋쩍은 표정을 지으며 말을 이었다.

"이런 소리를 하면 이상하게 여길지도 모르겠다는 생각이 들긴 했어. 하지만 내 마음을 꼭 전하고 싶었어. 그렇지 않으면 또 후회하게 될 것 같아. 미안해, 불쑥 이상한 소리를 해서."

"아니야, 전혀. 네가 그렇게 말해주면 나야 기쁘지."

그러자 유키가 말했다.

"넌 참 대단해. 이건 진심이야. 난 네가 대단하다고 생각해."

유키의 말을 듣고 미나미는 불현듯 묘한 느낌을 받았다. 어디선가 들어본 적이 있는 것 같은 말이었기 때문이다. 하지만 어디서 그런 말을 들었는지는 전혀 기억이 나지 않았다. 그래서 화제를 바꾸었다.

"하지만 기뻐하기는 아직 이르지."

미나미는 진지한 표정으로 말했다.

"응?"

"이제부터가 중요하니까. 고시엔 대회에 나가려면 지금부터 잘해야 돼. 벌써부터 감동하고 있다가는 고시엔 대회에 나가기라도 하면 아주 까무러치겠다."

미나미는 마지막 한마디를 농담처럼 덧붙였다. 하지만 유키는 왠지 시무룩한 표정을 지었다.

"아, 그래……."

그래서 미나미도 다시 의아하다는 듯한 표정을 지으며 물었다.

"왜 그래?"

그러자 유키는 약간 슬픈 표정으로 이렇게 대답했다.

"만약에…… 만약에 말이야, 야구부가 여름 대회에서 져서 고시엔 대회에 나가지 못하게 되더라도 난 괜찮다고 생각해."

"엥? 그게 무슨 뜻이야?"

미나미는 깜짝 놀라 눈이 휘둥그레졌다.

"응……, 내 말 들어봐. 그러니까, 난 우리 야구부가 져도 좋다는 이야기를 하는 건 아니야. 나도 고시엔 대회에 출전하면 정말 좋겠다는 생각을 해. 얼마나 감동하게 될지 지금은 상상도 못하겠어. 하지만 말이야……, 만약에 그게 실현되지 않는다고 하더라도 난 그게 그리 중요한 문제는 아니라고 생각해. 저어……."

여기까지 이야기한 유키는 흘끔 미나미의 눈치를 살폈다. 하지만 미나미는 아무 말 없이 유키의 얼굴만 바라보고 있을 뿐이었다. 유키가 말을 이었다.

"난 있잖아, 중요한 건 결과가 아니라고 생각해. 고시엔 대회에 나갈 수 있느냐 없느냐, 그게 중요한 건 아니라고 생각하거든. 그보다는 과정이 중요한 거야. 고시엔 대회에 출전하기 위해 야구부 모두 한마음이 되어 노력하는 그 과정이 훨씬 더 중요하다고 생각하는 거지. 그래서……."

유키는 간절한 눈빛으로 미나미를 바라보며 덧붙였다.

"앞으로 어떤 결과가 나온다고 하더라도 그 결과는 그리 중요하지 않다고 생각해. 왜냐하면 그 결과가 내가 미나미한테 받은 감동을 조금도 바꾸어놓을 수는 없을 테니까."

미나미는 말없이 듣고 있었다.

매니지먼트를 해온 1년여 동안 여러 차례 병문안 면담을 함께해오면서 미나미는 '상대방의 이야기를 듣는다'는 것이 얼마나 중요한 일인지 절실하게 깨달았다. 그래서 이때는 유키가 할 말을 다 끝낼 때까지 그냥 듣고 있었다.

유키가 하고 싶은 말을 다 마친 모양이었다. 미나미는 그제야 입을 열었다.

"네가 무슨 이야기를 하려는 건지 잘 알아."

미나미는 유키와 마찬가지로 느린 말투로 말했다.

"나를 생각해서 그렇게 이야기해주는 그 마음도 너무 고마워."

"그럼……."

"그렇지만 말이야……."

미나미와 유키가 거의 동시에 말했다. 잠시 침묵이 흘렀다. 유키가 미나미에게 먼저 이야기하라는 눈짓을 보냈다. 미나미는 입을 열었다.

"그렇지만 말이야……, 난 야구부 매니저로서 아무래도 결과를 중요하지 않게 생각할 수는 없어."

미나미는 가방에서 책 한 권을 꺼냈다. 그건 최근 1년간 헤아릴 수 없이 읽고 또 읽어 너덜너덜해진 드러커의 《매니지먼트》였다.

미나미는 그 책의 한 페이지를 펼치더니 진지한 눈빛으로 말했다.

"이 책에는 이렇게 적혀 있어."

조직은 조직 내부의 사람들에게 노력보다는 성과에 관심을 갖도록 해야 한다. 성과야말로 모든 활동의 목적이다. 전문가나 유능한 간부로서가 아니라 매니저로서 행동하는 사람들, 관리 기능이나 전문적 능력에 의해서가 아니라 성과와 업적에 의해 평가받는 사람들의 수를 최대한 늘려야 한다.

조직원들이 성과보다 노력이 중요하다는 착각을 하게 해서는 안 된다. 일을 하기 위해서가 아니라 성과를 위해 일해야 하며, 군살을 기르는 게 아니라 힘을 길러야 하고, 과거가 아니라 미래를 위해 일할 능력과 의욕을 갖도록 해야 한다.

(200쪽, 제7장 매니지먼트의 조직 - 33. 조직의 조건)

"그래서 난 아무래도 결과보다 과정이 더 중요하다는 말은 할 수 없어……."

"미나미……."

"그런 말은 진지함이 부족하다는 생각이 들어."

미나미가 말을 이었다.

"나는 매니저로서 야구부가 성과를 올리게 만들 책임이 있어. 야구부를 고시엔 대회에 데리고 나가는 것이 내 책임이지."

미나미는 조용하지만 결연한 말투로 이렇게 마무리했다.

"그런 사람이 결과보다 과정이 중요하다고 하는 건 아무래도 진지함이 결여된 말이라는 생각이 들어."

2

이튿날, 드디어 여름 대회의 막이 올랐다. 이날이 고교 야구에 일대 선풍을 일으킨, 그리고 이노베이션을 몰고 온 '호도고의 전설'이 시작된 날이라는 사실을 눈치 챈 사람은 아무도 없었다.

그 전설은 아주 조용히 시작되었다.

야구부의 톱매니지먼트는 여름 대회에 대비해 일어날 수 있는 이런저런 문제들을 '고시엔 대회에 진출한다'는 목표에 맞추어 최대한 검토해왔다. 목표를 좀 더 확실하게 달성하기 위해서였다.

그 가운데 가장 걱정스러운 문제는 바로 야구부의 '경험 부족'이었다. 지금까지 거둔 최고 성적은 딱 한 번 차지한 16강. 그것도 20여 년 전에 거둔 것이다. 그렇기 때문에 호도고 야구부로서는 한 경기 한 경기를 이겨 나간다는 것 자체가 첫 경험이고 미지의 영역이나 마찬가지였다.

　물론 실전 경험 부족을 메우기 위해 연습 경기를 가능한 한 많이 치렀다. 하지만 연습 경기는 어디까지나 연습일 뿐, 공식 경기와 같은 경험을 쌓을 수는 없었다. 그건 공식 경기를 치르며 익혀 나가는 수밖에 없었다. 따라서 호도고 야구부에 있어서 '경험 부족'은 가장 큰 약점이었다.

　이 문제를 고민하던 가치 감독은 한 가지 전략을 내놓았다. 경험 부족 때문에 가장 염려되는 점은 경기가 접전을 이룰 때 지레 겁을 먹는 문제였다. 그러면 긴장해서 제 실력을 발휘하지 못하게 된다. 그걸 피하기 위해서는 될 수 있으면 큰 점수 차로 승리를 거두어야 했다.

　이에 따라 가치 감독이 내놓은 전략은 '대량 득점'이었다. 큰 점수 차로 이기는 시합 운영을 기본 방침으로 내세운 것이다. 말도 안 되는 이야기 같지만 가치 감독은 진지했다. 매 경기를 콜드게임으로 이겨야 한다고 부원들에게 지시했다.

　호도고의 첫 상대는 이름 없는 사립고였다. 이 경기에서 감독은 온 힘을 다해 적극적으로 공격할 것을 지시했다. 야구부 부원들은 스트라이크는 초구부터 공략하고, 진루하면 반드시 도루를 시도했다. 수비는 극단적이라고 할 정도로 전진 수비를 펼쳐 어떤 공이건 달려가 막아냈다. 보내기 번트는 전혀 쓰지 않았고 모든 타자들이 제대로 된 스윙을 했다.

이 경기에서는 '실수를 하는 것'도 하나의 과제로 삼았다. 실수에 일찌감치 익숙해지자는 것이었다. 그래야 다음 경기, 또 그다음 경기 때는 실수를 저질러도 움츠러들지 않을 수 있기 때문이다.

아니나 다를까, 이 경기에서 호도고 선수들은 많은 실수를 저질렀다. 실책이 3개, 도루 실패가 4개나 나왔다. 그래도 경기는 12 대 2로 승리. 1회부터 타선이 폭발했다. 공격의 고삐를 늦추지 않은 덕분에 5회에 콜드게임으로 승리를 거둘 수 있었다.

여름 대회가 열릴 때까지 야구부가 달성하지 못했던 목표는 딱 한 가지였다. 바로 병문안 면담이다. 병문안 면담은 원래 6월 내내 진행해서 마무리할 예정이었다. 하지만 중간에 유키의 상태가 좋지 않아 한동안 면회가 불가능했다. 그 뒤 유키의 몸이 회복되어 면담이 다시 진행되긴 했지만 결국 경기 일정 때문에 뒤로 밀리고 말았다.

미나미는 차라리 잘된 일로 여기려고 했다. 병문안 면담을 아직 마치지 못한 부원들 가운데는 선발 선수들이 많았다. 여름 대회가 시작되고 나서도 병문안 면담을 계속 진행하면 유키가 여름 대회를 더 실감할 수 있을 거라고 생각한 것이다.

유키도 병문안 면담을 통해 선수들과 함께 싸우고 있다는 기분을 느꼈으면 좋겠어.

미나미의 이런 생각 때문에 여름 대회가 시작되었지만 남은 면담은 계속 이어 나갔다.

호도고는 두 번째, 세 번째 경기도 콜드게임으로 승리를 거두고 4회전에 진출했다. 이때까지만 해도 호도고 야구부를 주목하는 사람은 거의 없었다. 그건 호도고의 성적이 그리 두드러진 것은 아니었기 때문이다. 세 시합 모두 콜드게임으로 이기기는 했지만 실책이 많았다. 또 보내기 번트가 하나도 없어 도루 실패도 많았다.

얼핏 보기에 시합 운영이 엉망인 것처럼 보였을 것이다. 힘차게 치고 나가는 기세는 느껴지는데 치밀한 면은 없었다. 그래서 호도고 야구부에 눈길을 주는 사람은 아무도 없었다. 만약 주의 깊은 사람이 보았다면 틀림없이 겉으로 드러난 기록 뒤에 숨어 있는 기묘한 숫자에 눈길이 머물렀으리라.

호도고는 세 시합 모두 투수의 투구 수가 매우 적은 반면, 타자들이 포볼로 출루하는 비율은 이상하리만치 높았다.

그렇지만 아무도 그런 수치에 눈길을 주지 않은 상태에서 호도고는 이 대회 최초의 난관에 부딪혔다. 상대는 고시엔 대회에 여러 차례 출전한 적이 있는 사립 야구 명문고였다.

이 경기를 보려고 일반 야구팬들을 비롯해 매스컴 관계자,

다른 학교 야구 선수들 등 많은 사람들이 관중석을 메웠다. 호도고의 야구를 보기 위해서가 아니라 상대편 학교를 관찰하기 위해서였다. 하지만 얼마 지나지 않아 그들은 오히려 호도고의 야구부에 관심을 갖게 되었다.

관중들이 가장 먼저 주목한 것은 응원 열기였다. 호도고 쪽 스탠드는 상대편 학교보다 곱절이나 많은 인원들이 메우고 있었다. 교복을 입은 학생들뿐만 아니라 교사와 학부형을 비롯해 그동안 지도해온 소년야구팀, 강연을 해주었던 사립대학 학생들까지 수많은 관계자들이 몰려든 것이다.

덕분에 응원 열기도 무척 뜨거웠다. 취주악부는 경기가 시작될 때부터 끝날 때까지 신나는 연주를 이어 나갔고, 치어리더부의 헌신적인 응원 또한 돋보였다. 응원단은 툭하면 함성을 질러대며 찬스가 오면 선수들을 북돋우고, 위기에 몰리면 선수들을 격려했다.

그 가운데서도 가장 인상적이었던 것은 수비할 때의 응원이었다. 이 경기에서 선발 등판한 게이치로가 첫 번째 위기를 맞이한 3회 말, 갑자기 응원석이 조용해지더니 이내 천천히 노래를 부르기 시작했다. 그것은 취주악부의 반주가 없는 아카펠라였다.

그 응원가는 게이치로가 가장 좋아하는 노래였다. 사실 게이치로가 자신이 위기에 몰리면 기운이 나게 그 노래를 연주해달라고 신청한 것인데, 응원단은 그걸 한마음으로 합창해 주었던 것이다. 그 노래 덕분에 기운이 났는지 위기를 벗어난 게이치로는 그 뒤에도 눈부신 피칭으로 상대 타선을 무실 점으로 틀어막았다.

이날 경기는 호도고의 타선이 폭발하지 않아 콜드게임으로 이기지는 못했지만 결국 4 대 0으로 승리를 거두었다. 호도고가 사립 야구 명문고에 거둔 최초의 승리라는 점에서 더욱 의미가 깊었다.

호도고는 다섯 번째 시합에서도 콜드게임으로 승리를 거두고 드디어 미지의 영역이라고 할 수 있는 8강에 진출했다. 사람들이 갑자기 호도고의 야구부에 큰 관심을 보이기 시작했다. 8강에 진출한 학교는 호도고를 제외하면 모두 사립 야구 명문고뿐이었다. 자연히 사람들의 시선이 도립고등학교인 호도고 쪽으로 쏠릴 수밖에 없었다.

준준결승 상대는 이번 대회에서 팀 타율이 유일하게 4할이 넘는 막강 타선을 지닌 우승 후보였다.

경기는 치열한 타격전이 되었다. 이날 선발 투수로 마운드를 밟은 다이스케는 두둑한 배짱으로 계속 공을 던졌지만 상대방의 강력한 타선을 제대로 틀어막지 못해 결국 8점이나 내주었다.

하지만 호도고의 타선은 상대보다 더 많은 점수를 따냈다.

이 대회에서 혼자 마운드를 책임지고 있던 상대편 에이스 투수를 맞아 철저하게 볼을 골라내며 5회까지 120개나 공을 던지게 해, 결국 6회 때 따라잡는 데 성공했다. 8개의 포볼을 포함해 타자가 2순하며 맹공을 펼친 덕분에 단숨에 14점을 낸 것이다. 결국 20 대 8로 호도고가 콜드게임 승을 거두었다.

3

시합이 끝난 뒤, 호도고에는 여러 언론사로부터 취재 요청이 밀려들어왔다. 인터뷰에 나선 사람은 대회 직전에 주장으로 임명된 등번호 10번, 니카이 마사요시였다. 마사요시는 모든 인터뷰에 성심성의껏 응했다.

이야기가 좀 거슬러 올라가지만, 여름 대회를 위해 야구부에는 두 가지 중요한 인사 결정이 있었다.

하나는 마사요시가 새 주장으로 취임한 것. 이를 감독에게 제안한 사람은 미나미였다. 마사요시는 3월 초에 매니지먼트에 가세한 뒤 수많은 성과를 거두었다. 특히 아이디어맨으로서 여러 가지 일들을 기획했을 뿐만 아니라 섭외 역할까지 떠맡아 바삐 움직이며 그 아이디어들을 실현시켜왔다.

그런 노력의 성과가 이제 한꺼번에 나타나게 된 것이다. 6

월부터 야구부가 집중적으로 연습해온 결과나 스탠드의 뜨거운 응원전을 이끌어낸 최고의 공로자는 누가 뭐라 해도 마사요시였다. 미나미는 그런 마사요시에게 어떤 형태로든 보답하고 싶었다.

《매니지먼트》에도 이렇게 적혀 있었다.

성과 중심의 정신을 제대로 유지하기 위해서는 인사 배치, 급여 인상, 승진, 강등, 해고 등과 같은 인사 관련 의사결정이 가장 중요한 관리 수단임을 확인해야 할 필요가 있다. 이러한 결정은 숫자나 보고서 같은 것들보다 훨씬 큰 영향을 미친다. 조직 내부에 있는 사람들에게 매니지먼트가 진짜로 추구하고, 중시하고, 보답하려고 하는 것이 무엇인지를 알게 해준다.

(147쪽, 제5장 매니저 - 26. 조직의 정신)

미나미는 마사요시의 노력에 '인사'라는 형태로 보답하고 싶었던 것이다. 마사요시를 어떻게든 대회에 참가시키고 싶었다. 그것도 누구나 인정하는, 신분이 보장된 형태로 말이다.

하지만 호도고 야구부에서 실력이 가장 뒤처지는 마사요시가 등록 선수로 이름을 올릴 가능성은 전혀 없었다. 그래서 그를 주장으로 삼자는 생각을 했다. 그렇게 하면 아무리 실력이 떨어지더라도 당당하게 등록 선수 명단에 올릴 수 있다.

그리고 매니저가 진짜로 원하고, 중시하고, 보답하려고 하는 것이 무엇인지를 야구부 부원들에게 알릴 수 있다.

게다가 주장 자리를 버거워하던 호시데 준의 부담도 덜어 줄 수 있다. 준은 야구부의 핵심 선수이면서도 그 성실한 사람됨으로 모든 부원들의 존경을 받는 존재였다. 그래서 준이 주장을 맡아도 누가 뭐라 할 사람은 없지만 딱 한 가지 문제가 있었다. 그건 준 스스로가 주장 역할을 부담스럽게 여긴다는 점이다. 자기 실력을 테스트하기 위해 야구부에 들어와 오로지 플레이에만 집중하고 싶었던 준에게는 주장이라는 임무가 버거웠던 것이다.

그래서 그 인사이동은 마사요시와 준, 두 사람 모두에게 도움이 될 제안이기도 했다. 미나미가 그런 제안을 하자 마사요시를 제외한 모든 톱매니지먼트가 검토에 들어갔고, 결국 감독이 판단을 내린 것이다.

이 인사는 야구부에 두 가지 메시지를 던졌다. 하나는 매니지먼트가 추구하는 것이 반드시 '야구를 잘하는 것'은 아니라는 점, 또 하나는 성과를 거두면 매니지먼트는 그에 대해 확실하게 보답한다는 것이었다. 그러다 보니 이 인사는 주전 선수 이외의 다른 부원들에게도 큰 격려가 되었으며 강력한 동기부여가 되기도 했다.

또 다른 중요한 인사 결정은 구쓰키 후미아키가 주전에서 제외되었다는 점이다. 후미아키는 여름 대회까지 원래 뛰어났던 달리기 실력을 더 갈고닦았다. 지금은 육상부 부원으로 단거리 전국 대회에 나갈 수 있을 정도로 기록이 좋아졌다.

하지만 공격력이나 수비력은 그리 나아지지 않았다. 그래서 가치 감독이 후미아키를 주전에서 제외했다. 대신 그가 맡았던 좌익수 자리에는 다무라 하루미치(田村春道)라는 1학년 학생을 발탁했다.

다만 이 인사 조치도 단순히 후미아키를 선발에서 제외시키는 것은 아니었다. 그가 지닌 장점을 최대한 살리자는 목적이 있었다. 빠른 발을 가진 후미아키를 출루율이 나쁜 선발 선수로 썩히는 것보다 이때다 싶은 찬스에 대주자로 내보낸다는 것이었다.

그렇게 해서 후미아키를 주전 선수에서 제외한다는 결정이 내려졌는데, "내가 주전이라는 사실 때문에 주눅이 든다"고 말했던 후미아키도 막상 소식을 듣자 침울한 표정을 지었다. 하지만 감독으로부터 새로운 역할에 대한 설명을 듣더니 바로 표정을 바꾸고 적극적으로 받아들였다.

가치 감독이 후미아키에게 원한 것은 대주자로 나가 상대 팀 수비를 휘젓는 것이었다. 그것도 단순히 '도루'를 하는 게 아니었다. 자꾸 도루를 하는 척하며 더 큰 심리적 부담을 안겨주라는 임무였다.

후미아키는 눈부신 활약을 펼쳤다. 20 대 8이라는 큰 점수 차로 이긴 준준결승 때, 14점이나 되는 대량 득점을 올린 6회 초에서였다. 아직 6 대 8로 2점 뒤진 상황에서 대주자로 1루에 나간 후미아키는 계속 도루 포즈를 취하며 상대편 에이스에게 압박감을 주었던 것이다.

후미아키의 도루 동작에는 큰 특징이 있었다. 베이스에서 떨어질 때 미리 보폭을 재듯 성큼성큼 걸어서 일곱 걸음이나 전진했다. 그걸 눈치 챈 응원단은 언제부턴가 후미아키가 나오면 그의 걸음 수를 "하나! 둘! 셋!" 하며 함께 셌다.

상대편 에이스 투수는 심한 압박감을 느꼈다. 이로 인해 6회 초에 제구력이 흐트러진 상대편 에이스는 연속해서 3개의 포볼을 내주었다. 그래서 후미아키는 자신의 특기인 달리기를 보여줄 틈도 없이 걸어서 홈에 들어오게 되었다.

이어서 준결승전이 열렸다. 이번 상대는 프로 구단에 입단할 걸로 보이는 정통파 강속구 투수를 보유한 사립 야구 명문이었다.

이 시합에서는 미리 대비하고 있던 게이치로가 선발 투수로 마운드에 섰다. 이때까지 치러온 경기에서 호도고 타자들은 '스트라이크와 볼 제대로 골라내기' 작전으로 상대 투수에게 많은 공을 던지게 해왔다. 그렇게 해서 상대 투수의 체력을 소모시키고 집중력을 흐트러뜨려 큰 점수를 따냈었다.

하지만 그것은 스트라이크존을 벗어나는 볼을 던져 타자를 유인하는 타입의 기교파 투수에게는 통할지 몰라도 스트라이크존에 '팍팍' 꽂아 넣는 정통파 투수에게는 통하지 않는 공격이었다.

따라서 이 경기에서는 대량 득점을 기대할 수 없었다. 당연히 투수는 최대한 점수를 내주지 말아야 했다. 게이치로는 눈부신 피칭을 펼쳐 상대 타선을 잠재웠다. 그렇게 해서 시합은 1회에서 1점을 얻은 호도고의 리드로 1 대 0인 상태에서 9회 말 상대의 공격을 맞이했다.

호도고는 이때까지 감독이 내세운 '크게 이긴다'는 방침대로 시합을 해왔기 때문에 근소한 점수 차의 게임을 경험한 적이 없었다. 그러다 보니 첫 번째로 접전을 이루는 경기가 되자 부원들의 긴장감이 더욱 높아졌다.

그런 가운데서도 게이치로는 시종일관 침착한 피칭을 하고 있었다. 투수에게는 가장 긴장될 수밖에 없는 1점 차 경기였는데도 게이치로는 마지막 회에 들어가서도 페이스가 무너지지 않았다.

먼저 가장 신경 쓰일 선두 타자를 2루수 앞 땅볼로 잡아냈다. 다음 타자도 유격수 앞 땅볼을 만들어냈다. 그런데 이때 뜻하지 않은 문제가 생겼다. 유격수 유노스케가 이 땅볼을 가랑이 사이로 빠뜨린 것이다.

원래는 투아웃이 되었어야 할 상황인데 원아웃에 1루가 되고 말았다. 다만 이런 상태는 이미 예상했던 것이기도 했다. 이런 때를 위해 '실책을 두려워하지 않기' 연습을 반복했던 것이다.

그 효과는 바로 나타났다. 유격수의 중대한 실책이 있었는데도 선수들은 움츠러들지 않았다. 다들 실책을 한 유노스케를 격려했다. 유노스케 스스로도 예전처럼 안색이 창백해지거나 하지 않고 마운드에 있는 게이치로에게 사과하러 갈 정도로 침착함을 보였다. 게이치로도 유노스케에게 웃어 보이고 차분하게 다음 타자를 상대했다. 게이치로는 다음 타자에게 유격수 앞 땅볼을 유도해냈다. 절호의 더블 플레이 코스였다. 이제 시합은 끝났다고 생각했다.

그런데 누구나 그렇게 생각하는 순간, 유격수 유노스케가 공을 잡아 2루에 던졌는데 그만 악송구가 되고 말았다. 공은 우익수 앞까지 굴러갔고, 그 사이에 주자는 각각 2루와 3루까지 달려갔다. 안타 하나면 역전을 허용하는 위기가 닥친 것이다.

야구장이 단숨에 술렁거렸다. 유노스케 역시 이번에는 평정심을 지키지 못하고 안색이 창백해졌다. 다른 선수들도 유노스케에게 격려하는 말을 건네지 못하고 분위기에 휩쓸리고 말았다.

그걸 보면서 미나미는 '역시 우려하던 일이 일어났다'는 생각이 들었다. 여름 대회를 치르는 데 있어서 경험 부족과 그로 인한 접전 상황에서의 약점을 우려했는데 그런 일이 실제로 벌어지고 만 것이다.

하지만 뒤를 돌아볼 틈이 없었다. 타석에 상대편 4번 타자가 들어서자 포수인 지로가 벤치 쪽에 작전을 구했다. 4번 타자를 고의 사구로 내보낼 것인가, 아니면 정면으로 승부를 걸 것인가, 였다.

하지만 감독의 생각은 애당초 정해져 있었다. 정면 승부였다. 호도고 야구부의 가장 기본적인 지침인 '노 볼 작전'을 여기서 수정할 수는 없었다.

그 사인을 받고 고개를 끄덕인 게이치로는 혼신의 힘을 다해 스트라이크를 꽂았다. 타자 몸쪽으로 파고드는 공이었다. 타자는 방망이를 제대로 휘두르지 못해 내야 플라이를 날리고 말았다.

그런데 그 공이 또 유격수 쪽으로 날아갔다. 백홈(Back - Home·주자가 홈으로 들어와 득점하는 것을 막기 위해 수비팀 야수가 타구를 홈플레이트 쪽으로 송구하는 것—옮긴이)에 대비해 전진 수비를 펼치던 유노스케는 그 공을 잡으려고 주춤주춤 뒷걸음질 쳤다. 하지만 그 걸음걸이는 누가 보더라도 불안했다. 아니나 다를까, 발이 꼬인 유노스케는 결국 넘어지고 말았다.

그 순간 "앗!" 하는 비명이 운동장에 울려 퍼졌다. 벤치에 있던 미나미는 등줄기에 식은땀이 흘러내렸다. 너무도 충격적이라 눈앞이 캄캄해졌다. 충격을 받은 건 미나미뿐만이 아니었다. 야구부 모두가 큰 충격을 받고 절망했다. 아야노는 거의 실신할 정도였다.

그런데 그때 뜻하지 않은 일이 일어났다. 어디선가 달려온 선수가 그 뜬공을 다이빙캐치로 잡아낸 것이다. 그건 주전에서 빠진 후미아키를 대신해 좌익수로 기용된 1학년 하루미치였다. 유격수 위치까지 달려온 그는 그 공을 잡아내자마자 재빨리 일어나 이번에는 2루를 밟았다.

시합은 끝났다. 유노스케가 넘어진 것을 본 2루 주자가 뛰어나갔다가 아웃당한 것이다. 응원석에서는 지축을 울리는 환호성이 울려 퍼졌다. 호도고는 환희에 휩싸였다. 그런 가운데서도 미나미만은 좀 다른 느낌을 맛보고 있었다.

미나미는 그라운드를 뚫어지게 바라보고 있었다. 호도고의 승리가 결정된 순간, 벤치에 있던 후미아키가 멋진 플레이를 보여준 하루미치에게 무서운 기세로 달려나갔다. 후미아키에게 하루미치는 자기 자리를 빼앗은 라이벌이었다. 그런 하루미치가 묘기에 가까운 플레이를 했다는 것은 후미아키가 주전 선수 자리에서 점점 더 멀어진다는 것을 의미하기도 했다.

그런데도 후미아키는 누구보다 그 플레이에 기뻐했다. 당사자인 하루미치보다 더 기뻐하는 것 같았다. 누구보다 먼저 하루미치에게 달려간 후미아키는 하루미치를 번쩍 안아들었다.

그 광경을 지켜보며 미나미는 사람이란 얼마나 오묘한 존재이고, 조직이란 얼마나 큰 힘을 지니고 있는지 새삼 깨달았다.

4

준결승이 끝난 뒤 늘 그렇듯 학교로 돌아와 회의를 했다. 전체 미팅이 끝난 뒤 매니저들만 모인 회의에서 마사요시가 이런 말을 꺼냈다.

"내일은 유노스케를 빼는 편이 좋겠어."

마사요시의 주장은 이러했다.

"지금까지 여러 차례 보아왔듯이 유노스케는 긴장했을 때 너무 흔들려. 중요한 순간에 결정적인 실수를 하지. 게다가 한번 풀이 죽으면 쉽게 회복하지 못해. 오늘 경기도 하루미치가 잘 막았기에 망정이지 그렇지 않았다면 졌을 거야. 내일 열리는 결승전은 오늘보다 더 긴장되겠지. 그러니까 유노스케가 또 실책을 범할 가능성이 높아."

그 말을 들은 아야노도 찬성 의견을 내놓았다.

"저도 그렇게 생각해요. 유노스케가 긴장하면 실책을 하는 건 약점이에요. 조직이란 그 약점을 지우고 장점을 살리는 거죠. 그렇다면 내일 결승전에는 다른 선수를 써야 할 거예요. 그게 '고시엔 대회에 출전한다'는 야구부의 목표를 이루기 위해서는 옳은 판단이라고 생각합니다."

말없이 듣고 있던 가치 감독이 역시 아무 말도 하지 않고 있던 미나미를 바라보며 "너는 어떻게 생각하니?" 하고 물었다.

미나미는 이때 다른 사람들의 의견을 들으며 열심히 《매니지먼트》의 내용을 떠올리려 하고 있었다.

《매니지먼트》에는 이런 상황에서 어떻게 해야 한다고 적혀 있었지? 뭔가 답이 될만한 내용이 없었던가?

하지만 도무지 기억이 나지 않았다. 머리가 전혀 돌아가지 않았다.

미나미도 마사요시와 아야노의 발언이 옳다고 생각했다. 거기에 반론을 펼칠 여지는 전혀 없었다.

그래도…….

미나미는 뭔가 마음에 걸리는 게 있었다. 그냥 직감이었다. 왠지 유노스케를 빼면 안 될 것 같은 느낌이 들었던 것이다.

미나미가 입을 열었다.

"두 사람의 이야기가 무슨 뜻인지 나도 잘 알겠어. 그런데……., 난 이런 생각을 해. 작년 가을에 게이치로가 스트라이크를 넣지 못해서 졌을 때 그때 게이치로를 다른 선수로 바꾸었다면 어떻게 되었을까, 하는."

미나미는 미팅에 참가한 모든 매니저들을 향해 조용히 말했다.

"그때 게이치로가 스트라이크를 넣지 못할 것 같다고 해서 다이스케로 교체했다면 오늘날의 게이치로는 없지 않았을까? 그때의 경험이 오늘의 게이치로를 만든 게 아닐까? 그때의 안타깝고 분했던 마음이 게이치로를 키운 게 아닐까?"

미나미는 사람들을 차례로 바라보며 호소하듯 말을 이었다.

"그때 스트라이크를 넣지 못하는 게이치로를 교체하지 않았기 때문에 지금의 게이치로가, 그리고 우리 야구부가 있는 게 아닐까? 그래서 나는 유노스케를 바꾸고 싶지 않아. 유노스케도 계속 기용하다 보면 언젠가 '그때 교체 안 하길 정말 잘했다'고 생각할 날이 올 것 같아."

마사요시가 말을 끊었다.

"그렇지만…… 그때는 가을 대회였으니 괜찮았을지도 몰라. 하지만 이번 여름 대회는 우리들에겐 마지막이야. 여기서 지면 돌이킬 수 없잖아?"

그 말을 듣고 미나미는 깜짝 놀란 표정을 지으며 입을 다물었다. 다른 사람들도 모두 말이 없었다. 잠시 침묵이 흘렀다.

잠시 후, 미나미가 입을 열었다.

"그래도 말이야……, 설령 지는 일이 있다고 하더라도 유노스케의 성장을 믿고 계속 기용하는 게 매니지먼트하는 거라고 생각해."

결국 유노스케는 이튿날도 출장하기로 결정되었다. 최종 판단은 가치 감독이 내렸고, 다들 그 결정에 따랐다.

하지만 미나미는 마음이 무거웠다. 그 판단이 옳은 건지, 어떤지 스스로도 잘 모르겠다는 생각이 들었기 때문이다.

내일 시합에서 유노스케의 실책 때문에 질 가능성도 있어. 만약 그렇게 된다면 나는 후회하지 않을까?

그런 의문이 미나미의 마음을 무겁게 짓누르고 있었다. 생각하면 할수록 후회하지 않을 거라고 대답할 수 있는 자신감이 줄어들었다.

미나미는 유키와 의논하고 싶었다. 유키는 마침 아직 남아 있던 유노스케와의 병문안 면담을 다음 주에 하기로 되어 있었다. 유키라면 유노스케를 어떻게 할지, 뭔가 그럴듯한 해결책을 가지고 있을지도 모른다.

그래서 미나미는 휴대전화를 꺼내 유키에게 문자를 보내려고 했다. 그때 휴대전화에 부재중 착신 기록이 있다는 것을 알았다. 그건 문자가 아니라 부재중 전화 알림 메시지였다. 시간을 보니 30분 전에 걸려온 전화였다. 참 희한한 일도 다 있다는 생각이 들었다. 입원해 있는 유키가 문자가 아니라 전화를 직접 거는 일은 거의 없었다.

　미나미는 유키에게 전화를 걸기로 했다.

　분명히 유키도 유노스케가 걱정되어 전화를 걸었을 거야.
뭔가 하고 싶은 이야기가 있는 게 틀림없어.

　신호음을 들으며 미나미는 이런 생각을 했다.

8장

미나미,
진지함이 무엇인지 답을 찾다

1

2시간 뒤, 미나미는 시립병원 로비에 들어서 있었다. 미나미 주위로 대부분의 야구부원들이 모여들어 병원 로비는 야구부원들로 가득찼다.

그때 가시와기 지로가 헐떡거리며 뛰어 들어왔다. 그리고 미나미를 찾더니 옆으로 다가왔다.

"무슨 일이야?"

지로가 따지듯 물었다.

그러자 소파에 앉아 고개를 숙이고 있던 미나미는 천천히 고개를 들더니 살짝 쓴웃음을 짓고 나서 이렇게 말했다.

"늦었네."

"……미안. 문자를 늦게 확인하는 바람에. 그보다 뭐가 어떻게 되었다는 거야? 유키 상태가 어떻다고?"

미나미는 한숨을 내쉬고 대답했다.

"오늘 밤이 고비래."

"고비? 그게 무슨 소리야?"

"몰라, 나도. 그 말만 들었어……."

"그럼 지금 또 수술하고 있는 거야?"

"아니."

미나미는 고개를 저었다.

"지금은 유키네 친척들이 모여서 유키를 격려하고 있어."

"격려해? 그게 대체 무슨 소리야?"

"아주머니가 그렇게 말씀하셨어. 유키에게 용기를 주기 위해 다들 찾아와주셨다고. 그게 끝나면 우리에게도 유키를 격려해달라며 로비에서 좀 기다려달라고 하셨어."

지로는 의아한 표정을 지었다.

"고비라면, 오늘 밤을 넘길 수 있느냐 없느냐가 문제라는 소리 아니야? 그렇게 위태로운 상태인데 격려라니, 말이 이상하잖아? 그럴 때가 아니잖아."

미나미가 짜증스러운 표정을 지으며 대꾸했다.

"나한테 따져봤자 내가 어떻게 알아? 할 말 있으면 아주머니에게 해."

마침 그때 유키 어머니가 로비로 나왔다.

"아주머니."

미나미가 벌떡 일어나 달려갔다.

"아, 미나미."

힘없는 미소를 지으며 유키 어머니가 말했다.

"미안하구나, 오래 기다리게 해서. 이제 준비가 되었으니, 만나줄래?"

부원들이 한꺼번에 병실에 들어갈 수 없기 때문에 5명씩 나누어 차례로 유키를 병문안하게 되었다.

먼저 미나미, 지로, 아야노, 마사요시, 그리고 가치 감독이 들어가기로 했다.

병실로 들어가자 유키 어머니가 자리를 비운 사이에 병실을 지키고 있던 친척으로 보이는 여성이 살짝 고개를 숙여 인사하며 밖으로 나갔다. 다른 사람은 없었고, 의사나 간호사도 보이지 않았다.

유키 어머니가 뒤를 돌아보며 말했다.

"그럼, 한마디씩 작별 인사를 해주시겠어요? 이미 의식이 없지만 소리는 마지막까지 들릴 거라고 하더군요. 말을 걸어주면 분명히 유키가 들을 수 있을 거예요."

"예?"

미나미가 소리를 질렀다.

"아주머니, 무슨 말씀이세요? 오늘 밤이 고비라고 하셨잖아요."

유키 어머니가 미나미를 바라보며 대답했다.

"유키는 이제 가망이 없는 모양이야. 의사 선생님이 남아 있는 시간이 오늘 밤이나 내일까지라고 하더구나. 그러니 가까이 지내던 사람들을 부르라고 하더라. 그래서 와달라고 부탁한 거야."

"예? 아주머니, 무슨 말씀을 하시는 건지 도무지 모르겠어요. 아니, 이상하잖아요? 고비라는 건 살 수 있느냐 없느냐 하는 의미잖아요?"

미나미가 유키 어머니에게 거의 따지듯이 물었다. 그러자 지로가 미나미의 어깨를 잡아끌었다. 하지만 미나미는 그 손을 뿌리쳤다.

"거짓말이죠, 아주머니. 그렇죠? 그런 말씀 마세요. 아니, 말도 안 되잖아요. 며칠 전까지 멀쩡했는데. 며칠 전까지만 해도⋯⋯. 어제도 문자를 주고받았어요. 유키, 그랬지?"

미나미는 그제야 침대에 누운 유키의 얼굴을 보았다. 하지만 유키를 본 미나미는 오싹 소름이 끼쳤다.

미나미가 알고 있던 유키가 아니었다. 거기에는 한 번도 본 적이 없는 유키가 누워 있었다.

얼굴이 종잇장처럼 창백했다. 그리고 존재감이 느껴지

지 않아 사람이 아니라 무슨 물체 같은 느낌이 들었다.

유키는 죽은 사람 이상으로 생기가 없었다. 미나미는 할아버지가 돌아가실 때 임종을 지킨 적이 있지만, 유키는 그때 본 할아버지의 얼굴보다 더 생기가 느껴지지 않았다.

"유키야, 싫어. 이거 장난이지?"

미나미는 종잇장처럼 창백하고, 숨을 쉬는지 어떤지도 알 수 없을 정도로 거의 움직이지 않는 유키를 바라보며 말했다.

"아니야, 너…… 무슨 수치가 떨어지면 퇴원할 거라고 했잖아. 그래서 고시엔 대회 때는 벤치에 있을 거라고 했잖아. 응, 유키."

미나미는 유키에게 매달리며 말했다.

"아직 아니지? 아직 포기하지 않았지? 네가 병 따위에 질 애가 아니지. 유키, 넌 나보다 훨씬 강한 아이잖아. 지금까지 내내 병과 잘 싸워왔잖아. 그리고 이겨냈어. 그러니까 이번에도 지지 않을 거야. 이겨낼 거야."

그때 유키의 눈꺼풀이 살짝 떨렸다.

"유키!"

미나미가 소리쳐 불렀다.

"아아, 유키. 정말 듣고 있었구나. 아직 포기하지 않았어. 아직 병과 싸우겠다는 거야. 그렇지, 유키? 아직 포기할 때가 아니야. 조금만 더 힘을 내자. 이겨. 이길 거야. 우리도 이길 테니까. 너도 이겨내야 해. 결승까지 올라왔어. 이름도 없는 도립 고등학교가 기적을 일으켰다고 하는 사람들도 있지만 이건 기적이 아니야. 우리는 죽을 만큼 노력해서 여기까지 왔어. 그건 네가 제일 잘 알잖아. 그러니 너도 여기서 포기하지 말고 우리하고 함께 더 노력하자. 괜찮아. 이길 거야. 시합은 이제 시작……."

"미나미, 그만."

유키 어머니인 야스요가 말했다. 미나미는 깜짝 놀라 야스요를 바라보았다. 그러자 야스요는 미나미의 어깨를 두 팔로 꼭 껴안으며 말했다.

"미나미, 제발. 이제 그만해다오."

야스요는 눈물을 흘리며 미나미를 똑바로 바라보고 말했다.

"제발, 이제 그만해. 미안하구나, 미나미. 내가 네게 계속 거짓말을 했어. 사실은 전부터 가망이 없었단다. 작년에 입원했을 때부터 치료될 가능성이 없다고 의사 선생님이 말씀하셨어. 남은 시간이 석 달뿐이라는 이야기를 들었지."

"예……?"

미나미는 넋이 나간 표정으로 야스요를 바라보았다.

야스요가 말을 이었다.

"하지만 그 뒤로도 유키는 노력했어. 열심히 살았지. 힘을 다해 싸운 거야. 병과 싸웠어. 그리고 이겨냈어. 이긴 거야. 병과 싸워 1년이나 살았어. 3개월밖에 살지 못한다고 했는데 1년이나 살았어."

야스요가 흐느끼기 시작했다.

"그걸 도와준 게 너야, 미나미. 네가 유키를 살게 해주었어. 네가, 미나미가 유키의 마지막을 빛나게 만들어주었어. 미나미가 유키의 인생을 의미 있는 것으로 바꿔준 거야."

미나미는 멍한 표정으로 야스요를 바라보았다. 야스요는 미나미를 꼭 껴안으며 말했다.

"미나미, 네 덕분에 유키는 요 1년 동안 활기차게 살았어! 그 기간 동안 유키는 다른 사람의 평생에 해당할 만큼 활기 넘치고 빛나는 나날을 살았지. 미나미, 하지만 이제 한계야. 이제 끝이야. 유키는 충분히 노력했어. 정말 온 힘을 다했지. 그렇지만 힘들었어. 정말 힘든 싸움이었지. 그러니 네가 이해해. 유키는 지금까지 잘 싸웠어. 그걸 네가 이해해주면 좋겠구나."

"아……."

미나미는 처연한 표정으로 야스요를 바라보았다.

"아주머니, 저는……."

말을 잇지 못하는 미나미를 야스요가 꼭 부둥켜안았다.

"미나미, 미안해. 가장 감사해야 할 네게 이런 소리를 해서 미안해. 정말 미안해."

야스요는 울면서 계속 미안하다는 소리만 반복했다.

2

작별 인사를 마치고도 야구부원들은 돌아가지 않고 병원 로비에 모여 있었다. 결국 병원 문을 닫을 시간이 되어서야 대부분 돌아갔다. 오후 9시가 조금 지났을 때는 남아 있던 사람들도 일단 집에 돌아가기로 했다.

하지만 미나미는 고집스럽게 움직이지 않으려고 했다. 그러자 지로도 함께 있겠다고 해서 결국 두 사람은 계속 병원에 남아 있게 되었다.

두 사람은 현관 옆 로비에서 병동 로비 쪽으로 옮겨 거기 있는 소파에 서로 약간 떨어져서 앉아 있었다.

미나미는 내내 말이 없었다. 고개를 숙인 채 뭔가 생각에 잠긴 듯했다. 지로 역시 말없이 팔짱을 끼고 있었다. 가끔 일어나 이리저리 왔다 갔다 하거나 미나미를 살피기도 했다.

다음 날 새벽 3시가 지났을 무렵 미나미가 불쑥 "아" 하는 소리를 냈다. 지로가 얼른 미나미를 바라보며 물었다.

"왜 그래?"

그러자 미나미는 한참 말이 없다가 간신히 떨리는 목소리로 말했다.

"내가……, 터무니없는 소리를 했어."

"뭐?"

지로가 조금 뜸을 들였다가 물었다.

"무슨 소리를?"

"유키한테…… 중요한 건 과정이 아니라 결과라는 소리를."

"뭐?"

"여름 대회가 시작되기 전에 유키는 결과가 아니라 프로세스를 더 중요시하고 싶다고 했거든."

"응."

"그런데 난 결과를 추구하지 않고 프로세스를 중시하는 건 매니지먼트로서 진지함이 결여된 태도라고 한 거야."

"……"

"내가…… 유키에게 대체 무슨 소릴 한 거지?"

미나미는 다시 입을 다물고 고개를 숙였다. 지로도 입을 열지 않았다.

유키가 영원히 눈을 감은 것은 오전 6시가 조금 지나서였다. 마치 촛불이 꺼지듯 덧없이 숨을 거두었다.

미나미와 지로는 그 순간 유키와 함께 있지 못했다. 숨을 거둔 사실을 의사가 확인한 뒤에 병실에 들어가 유키의 얼굴을 보았다.

미나미는 깜짝 놀랐다. 유키의 얼굴이 어제보다 평온해 보였기 때문이다. 어제보다 좀 더 생기 있어 보이기까지 했다.

미나미는 새삼 유키가 마지막 순간까지 병과 싸웠다는 사실을 깨달았다. 그리고 그게 얼마나 고통스러운 싸움이었을지 깨달았다. 유키는 이제 그 싸움에서 해방된 것이다.

오전 9시에는 야구부원들이 모두 병원에 모였다. 이날은 결승전이 열리는 날이었는데, 병원에서 직접 야구장으로 가기로 한 것이다.

유키는 숨을 거둔 뒤, 바로 절로 옮겨졌다. 그래서 미나미와 지로 이외에는 마지막 인사를 할 수 없었다.

야구부원들은 모두 말이 없었다. 무슨 말을 해야 좋을지, 어떻게 해야 좋을지 몰라 당황한 모습들이었다.

가치 감독은 그런 부원들을 야외 주차장으로 데리고 나갔다. 이날은 아침부터 푹푹 찌는 날씨였다. 주차장 옆 숲에서는 요란한 매미 울음소리가 들려왔다.

주차장은 내리쬐는 햇볕과 아스팔트 복사열 때문에 가만히 서 있어도 땀이 흘렀다. 그런 무더위 속에 부원들은 한동안 멍하니 서 있었다.

가치 감독이 부원들을 둘러보며 말했다.

"유키는 이미 절로 옮겨졌어. 오늘은 밤샘을 하고 장례

식은 내일 한다더구나."

그리고 감독은 뭐라고 말을 하려다가 결국 하지 못하고 옆에 있던 마사요시를 바라보았다.

"자, 주장이 마무리하지."

"알겠습니다."

그렇게 말하며 앞으로 나선 마사요시가 부원들을 향해 말했다.

"예, 오늘은 결승전입니다. 우리가 가장 큰 목표로 삼고 1년 동안 노력해온 고시엔 대회 출전권이 걸린 중요한 시합 날입니다. 그런 날 우리는 아주 소중한 사람을 잃었습니다. 우리 매니지먼트팀으로서는 물론이고 야구부 전체로서도 없어서는 안 될 중요한 사람이었습니다."

마사요시는 부원들을 둘러보며 이렇게 말을 이었다.

"그 사람을 잃었다는 사실이 무엇을 의미하는지 잘 생각해주시기 바랍니다. 그리고 그 사람이 가장 바라던 일이 무엇이었는지 잘 생각해봅시다. 다행히 우리는 그 사람이 살아 있을 때 아주 많은 이야기를 들었습니다. 그러니 생각하는 일이 어렵지 않을 겁니다. 오늘 우리가 무엇을 해야 할지, 무엇을 해야만 하는지 여러분이 가장 잘 알고 있을 겁니다. 여러분이 누구보다 더 절실하게 느끼고 있을 겁니다. 오늘은 그걸 합시다. 그걸 하는 데 온 힘을 기울입시다. 그리고 그 사람이 원하던 것을 이룹시다. 그 사람을 위해 싸웁시다. 그리고 그 사람을 위해 오늘 시합을 반드시……."

"의미 없어."

불쑥 끼어드는 목소리가 있었다. 다들 깜짝 놀라 그 소리가 난 쪽을 바라보았다. 미나미의 목소리였다.

"유키는 이미 죽었어. 유키를 위해 싸운다는 건 의미가 없어."

"닥쳐."

지로가 버럭 소리를 질렀다. 지로는 옆으로 다가오더니 미나미를 노려보았다.

하지만 미나미는 그런 지로를 빤히 바라보며 말을 이었다.

"소용없어. 모두 소용없어. 우리가 1년 동안 해온 건 모두 소용없는 짓이었어. 이제 목적도 없고, 목표도 없고, 아무것도 없어. 모두 무의미해. 난 유키를 위해 매니지먼트를 해왔어. 유키를 위해 매니저가 되었어. 하지만 그건 내 멋대로 그렇게 생각한 거였지. 그런 모든 행동이 유키를 힘들게 만들고 있었던 거야. 내가 유키에게 무리한 기대를 했기 때문에……, 유키는 3개월 후면 편히 떠날 수 있었는데 1년이나 억지로 싸워야만 했던 거야."

"그렇지 않아."

마사요시가 말했다. 하지만 미나미는 그런 마사요시를 노려보며 앙칼진 목소리로 말했다.

"뭐가! 맞아! 내가……, 내가 쓸데없는 짓을 하지 않았다면 유키는 힘든 싸움을 더 길게 하지 않을 수 있었을 거야. 모두, 모두 다 소용없어. 난 기분이 우쭐해 있었던 거야. 그게 유키를 위한 일이라고 멋대로 생각했던 거지. 난 한심했어. 마케팅이 되지 않은 건 바로 나였어. 난 매니저로서 실격이야."

"그렇지 않다니까!"

마사요시가 말했다.

"넌 매니저야!"

하지만 미나미는 그런 마사요시를 노려보더니 이번에는 스스로를 비웃는 듯한 웃음을 지으며 입을 열었다.

"넌 아무것도 모르는구나. 하지만 이 말을 듣고도 그렇게 이야기할 수 있을까?"

그러자 지로가 얼른 끼어들었다.

"미나미, 하지 마!"

하지만 미나미는 아랑곳하지 않고 말을 이었다.

"난 말이야……, 난 사실은 야구가 너무 싫어."

"그만두라니까!"

"이 한심한 스포츠가 세상에서 제일 싫단 말이야. 이 재미없는 스포츠를 진짜 미워해. 너무 싫어. 구역질이 나와."

"그만두란 말이야!"

"어때? 놀랐지? 어처구니가 없는 모양이네. 그래, 그런 사람이 매니저를 하고 있었어. 진지함이고 나발이고 없어. 난 거짓말을 하고 있었던 거야. 부원들을 속이고 있었던 거지. 난 진짜 야구가 너무, 너무, 너무……."

그때였다. 지로가 미나미의 빰을 후려쳤다.

정통으로 얻어맞은 미나미는 두세 걸음 뒷걸음질 치더니 엉덩방아를 찧었다.

지로가 호통을 쳤다.

"그만두라잖아!"

그러자 게이치로가 달려왔다. 그는 지로에게 덤벼들어 주먹을 휘둘렀다. 두 사람은 아스팔트 바닥에 넘어져 엉겨 붙었다.

다른 부원들이 서둘러 두 사람을 뜯어말렸다. 엉겨 붙은 두 사람에게 미나미가 말했다.

"그만해."

미나미는 달려와 부축하는 아야노에게 안겨 얻어맞은 빰을 손으로 누르며 말했다.

"난 맞아도 싸. 들었잖아? 나는 부원들에게 거짓말을 해 왔단 말이야. 난 부원들을 속였어."

그러자 마사요시가 다시 말했다.

"아니라니까."

"아니라고? 넌 대체 무슨 소리를 하는 거니?"

미나미는 짜증이 난다는 듯이 마사요시를 째려보며 말했다.

"본인인 내가 그렇다면 그런 거지."

하지만 마사요시는 이렇게 대꾸했다.

"아니야. 아니라고. 그런 의미가 아니라, 그러니까, 그건…… 알고 있었어."

"뭐?"

"그건 다들 알고 있었단 말이야. 네가 야구를 싫어한다는 것도, 그리고 네가 유키를 위해 매니저를 하고 있다는 이야기도 모두 다 알고 있었단 말이야."

미나미는 지로를 바라보았다. 하지만 지로도 대체 무슨 소리인지 모르겠다는 표정으로 고개를 저었다.

"우리는 이야기를 다 들었어."

마사요시가 말했다.

"4월부터 시작한 병문안 면담 때는 미나미 네가 유키와 함께 있지 않았잖아? 그때 유키가 이야기했어."

"뭐야?"

미나미는 부원들을 둘러보았다. 그러자 지로를 제외한 야구부원들 모두가 면목이 없다는 표정을 지었다.

"……뭐야?"

"유키에게 이야기를 들었어."

마사요시가 말을 이었다.

"넌 사실 야구를 별로 좋아하지 않는다고. 하지만 자기

병 때문에 일부러 야구부 매니저가 된 거라고. 그러니 만약 자기에게 무슨 일이 생기면 매니저를 그만두겠다고 할지도 모른다고도 했어. 그때는 그만두지 못하게 붙들어달라고 했지. 네가 분명히 야구를 싫어할지는 몰라도 야구부에는 없어서는 안 될 매니저이기 때문이라면서. 우리 모두 유키한테 그런 이야기를 들었어."

"……."

"그래서 알고 있었던 거야. 우린 모두 알고 있었어."

미나미는 그렇게 말하는 마사요시의 얼굴을 물끄러미 바라보았다. 그리고 주위를 둘러보더니 옆에 있던 아야노를 뚫어지게 바라보았다. 아야노는 슬픈 표정으로 미나미를 똑바로 바라보았다.

미나미는 다시 맥 빠진 표정을 지으며 이렇게 말했다.

"이번에도 나만 몰랐던 거로구나."

그러더니 미나미는 느닷없이 주차장 출구를 향해 달려갔다.

눈 깜짝할 사이에 일어난 일이었다. 누구도 말릴 겨를이 없었다.

그런데 미나미를 바로 뒤따른 사람이 있었다. 아야노였다. 아야노가 재빨리 달려나갔다. 두 사람은 순식간에 주차장을 빠져나가 모습을 감추었다.

"미나미!"

그제야 지로가 서둘러 뒤를 쫓아가려고 했다. 하지만 마사요시가 가로막았다.

"잠깐. 미나미는 아야노에게 맡기자. 우린 이제 야구장으로 가야 해."

그러더니 마사요시는 부원들을 돌아보고 소리쳤다.

"자, 우리는 야구장으로 가자. 결승전을 치러야지."

3

결승전은 오후 1시에 시작되었다. 하지만 미나미와 아야노는 이때까지도 야구장에 도착하지 않았다.

결승전 상대는 올해 봄에 열린 고시엔 대회에 출전한 우승 후보였다. 공격이나 수비나 허점이 거의 없어 지금까지 맞붙었던 학교에 비해 훨씬 강한 팀이었다.

호도고의 유일한 어드밴티지는 투수진이 지금까지 치러 온 시합을 적은 투구 수로 마무리했다는 점이었다. 게이치로의 누적 투구 수는 상대 투수의 거의 절반에 지나지 않았다.

다만 어제부터 오늘 사이에 부원들이 많이 지쳐 있었다. 다들 잠을 제대로 자지 못했고, 포수인 지로는 한숨도 못 잤다.

그래도 부원들은 잘 싸웠다. 선수들은 한순간도 집중력

을 잃지 않고 플레이했다. 염려했던 것처럼 움츠러들거나 긴장 때문에 몸이 굳어지거나 하지도 않았다. 시합은 5회를 지나도록 균형을 이룬 채 0 대 0이었다.

하지만 6회 초에 들어서자 게이치로가 연속 안타를 허용했다. 그 바람에 3점을 잃고 말았다.

7회에 다시 연속 안타를 맞아 1점을 더 잃어 0 대 4인 상태에서 또다시 2사 만루의 위기가 이어지고 있었다. 게이치로는 이때도 노 볼 작전을 고집했다. 하지만 상대 타자들이 파울을 쳐내며 끈덕지게 달라붙자 볼카운트가 나빠져 결국 투 스트라이크 스리볼이라는 꽉 찬 상태에까지 몰리고 말았다.

그때였다. 타임을 건 마사요시가 마운드로 걸어 나왔다.

"왜 그래?"

게이치로가 물었다.

"타임을 걸 타이밍이 아니잖아?"

"아니⋯⋯."

마사요시는 흘끔 벤치를 돌아보며 말했다.

"도착했다고 알려주려고."

"뭐?"

마운드에 모인 선수들이 일제히 벤치를 바라보았다. 거기에는 미나미와 아야노가 앉아 있었다.

자세히 보니 미나미는 평소에는 쓰지 않던 모자를 깊숙

이 눌러 쓰고 입에는 마스크까지 하고 있었다.

게이치로가 물었다.

"쟤, 왜 마스크를 하고 있는 거지?"

"잠도 못 잤는데 울기도 하고 뺨도 얻어맞아서 얼굴이 엉망이라 사람들에게 보여주고 싶지 않다고 해서."

"아아, 그래?"

마운드에 모인 선수들은 그제야 안심한 듯이 미소를 지었다.

"네가 때려서 저 꼴이 된 거지?"

게이치로가 놀리듯이 말하자 지로가 발끈해서 대꾸했다.

"나도 잠을 자지 못했고, 울었고, 얻어맞았는데."

시합은 재개되었다. 벤치에 앉은 미나미는 그 플레이를 보면서 당황하고 있었다.

아침에 병원 주차장에서 도망친 미나미는 계속 달렸다. 어쨌든 그곳에는 있을 수 없었다. 이 세상 모든 것으로부터 벗어나고 싶었다. 어디든 아무런 관계도 없는 세상으로 가고 싶었다. 적어도 아는 사람이 한 명도 없는 곳으로 도망치고 싶었다.

하지만 그런 미나미를 집요하게 따라오는 사람이 있었다. 아야노였다. 아야노는 계속 쫓아왔다. 아무리 도망쳐도 결코 포기하지 않고 따라왔다.

결국 30분쯤 달아나다가 잡히고 말았다. 미나미는 아야노가 이렇게 끈질기게 따라올 줄은 생각도 못했다. 기진맥진했고, 놀랐고, 당황하기도 했다. 그래서 저항도 제대로 못하고 야구장까지 끌려온 것이다.

하지만 끌려오기는 했어도 이 시합에 어떤 기분으로 임해야 좋을지 전혀 알 수 없었다. 미나미는 유키의 죽음으로 목적이고 목표고 모두 잃어버렸다. 그래서 결승전인 이 시합도 도무지 눈에 들어오지 않았다.

그래도 미나미는 마운드에서 공을 던지는 게이치로를 보며 한 가지 기억을 떠올리고 있었다. 그건 작년 가을 대회에서 게이치로가 대책 없이 포볼을 연속해서 내주는 바람에 콜드게임으로 질 때의 모습이었다.

그 게이치로가 지금은 투아웃에 만루, 그것도 풀카운트라는 막다른 골목에 몰렸으면서도 끈기 있게 스트라이크를 꽂아 넣고 있었다.

그런 모습을 보고 미나미의 마음이 움직이지 않을 리 없었다. 복잡한 기분이었다. 한편으로는 기뻐할 수 없는 상황인데 또 다른 한편으로는 솟구치는 기쁨을 주체할 길이 없었다.

그리고 마지막으로 게이치로가 타자를 삼진으로 잡았을 때는 저도 모르게 손뼉을 치고 있는 자신을 발견했다. 하지만 옆에서 그런 모습을 가만히 지켜보고 있는 아야노의 얼굴을 보고는 얼른 박수치던 손길을 멈췄다.

시합은 0 대 4인 채로 7회 말에 들어갔다. 호도고는 선두 타자가 진루하자 바로 도루를 시도해 노아웃에 2루의 득점 찬스를 만들었다. 하지만 두 타자가 줄줄이 범타로 물러나 투아웃이 되고 말았다.

이때 타석에 들어선 선수는 4번 타자인 호시데 준이었다. 준은 이날 혼자 2안타를 날리며 기염을 토했는데, 이번 타석에서는 상대 투수가 고의 사구로 나왔다. 5번 타자부터는 모두 이날 안타가 없었기 때문이다.

준이 걸어 나가자 투아웃에 1, 2루가 되었다. 다음 타자는 포수인 가시와기 지로였다. 지로는 어젯밤에 한숨도 자지 못했는데, 날밤을 새우기는 난생처음이었다. 그리고 오늘 아침에는 어렸을 때부터 친구였던, 가장 소중한 친구를 한 명 잃었다. 몸도 마음도 지칠 대로 지쳤으리라. 하지만 지로는 이상하게도 전혀 피로를 느끼지 못했다.

오히려 몸 안에서 힘이 마구 솟구치는 이상한 기분을 느꼈다. 지금까지 두 타석은 모두 범타로 물러났었다. 하지만 타구가 야수 정면으로 갔을 뿐, 타이밍은 잘 맞았다는 생각이 들었다. 무엇보다 공이 잘 보였다. 이런 느낌이 처음은 아니었다.

타석에 들어서기 전에 지로는 감독으로부터 "4번 타자를 고의 사구로 내보낸 걸 후회하게 만들어줘라"라는 말을 들었다. 하지만 지로는 상대편 투수에게 그런 앙심은 품지 않았다. 오히려 자기와 대적해주고 있다는 사실에 감사하고 싶었고, 이런 찬스에 타석에 들어설 수 있게 해준 것도 고맙다고 말하고 싶은 심정이었다.

지로는 그 이외에 아무런 생각도 없었다. 아니, 뭔가를 생각하려고 해도 머리가 돌지 않았다. 그래서 어쨌든 투수가 던지는 공을 쳐내려고 정신을 집중했다.

초구는 낮게 떨어지는 변화구였다. 그런데 지로에게는 그 공이 보였다. 투수가 던지기 전부터 왠지 변화구가 들어올 거라는 느낌이 들었다. 투수가 던진 순간에는 그 공이 어떤 코스로 들어올지도 알 수 있었다.

그래서 그 느낌에 따라 방망이를 휘둘렀다. 솟구치는 힘 때문인지 방망이가 놀라울 정도로 가뿐하게 나갔다.

손에 느낌이 거의 오지 않았다. 공은 방망이에 거의 정통으로 맞아 좌익수 쪽 하늘로 날아갔다. 하지만 좌익수는 한 걸음도 움직이지 않았다. 1점 차로 따라붙는 스리런 홈런이었다.

4

점수가 3 대 4인 채로 시합은 마지막 회, 9회 말 호도고의 공격만 남겨두게 되었다. 2번 타자부터 시작한 9회 말 공격은 두 타자가 간단하게 물러나고 4번 타자 호시데 준이 타석에 서게 되었다.

준은 이 시합에 특별한 감회가 있었다. 상대 투수가 중학교 때 같은 팀에서 야구를 하던 동료였기 때문이다.

준은 이게 자신의 실력을 증명하기 위한 절호의 기회라고 생각했다. 상대 투수가 사립 야구 명문고로 진학했을 경우의 자기 모습처럼 여겨졌기 때문이다. 여기서 한 방 날릴 수 있다면 준은 중학교 때의 동료 이상으로 해냈다는 사실을 증명하는 셈이다.

그런데 막상 타석에 들어서니 이상하게도 그런 생각은 깨끗이 사라졌다. 어쨌든 안타를 치고 나가 다음 공격으로 이어주어야 한다는 생각뿐이었다.

오늘은 왠지 지로가 컨디션이 아주 좋은 것 같아.

그건 준도 알고 있었다. 그래서 지로가 공격할 기회를 만들어주면 잘될 거라는 생각이 들었다.

준은 상대편의 수비 위치를 살폈다. 3루수가 약간 깊숙한 수비 위치에 서 있는 모습이 눈에 들어왔다. 아마 지금까지

전 타석 출루한 4번 타자라고 해서 경계하는 모양이었다.

그래서 준은 초구를 3루 선상으로 흐르는 번트를 냈다. 그건 지금까지 노 번트 작전으로 일관했던 호도고가 이 대회에서 처음 보여준 번트였다.

번트는 상대방의 허를 찔렀다. 3루수는 크게 당황했다. 타구를 서둘러 처리하려던 3루수는 잡은 공을 1루에 던졌지만 악송구가 되고 말았다. 덕분에 준은 2루까지 갈 수 있었다.

투아웃에 주자 2루. 안타 하나면 동점이 될 수 있는 찬스였다. 여기서 타석에 들어선 타자는 지난 타석에서 스리런 홈런을 날린 지로였다. 상대편 선수들은 타임을 요청하더니 야수들이 마운드로 모여 뭔가 의논하는 듯했다.

시합이 재개되었지만 제 위치로 돌아간 포수는 그냥 서있었다. 5번 타자 지로를 고의 사구로 내보내겠다는 것이다. 그리고 6번 타자와 승부를 내겠다는 작전이다. 6번은 오늘도 선발 유격수로 나온 사쿠라이 유노스케였다.

이윽고 지로가 포볼로 1루로 걸어 나가 투아웃에 1, 2루가 되었다. 다음 타자는 유노스케로, 타자 대기석에서 기다리고 있다가 느릿느릿 타석으로 걸어왔다.

벤치에서 유노스케의 뒷모습을 바라보는 미나미의 머릿속에는 오만 가지 생각이 오갔다.

하필이면 여기서 유노스케에게 타석이 돌아오다니.

불쑥 유노스케가 유키의 병실에 있던 때의 모습이 떠올랐다. 3월 초, 유키 병문안을 하러 갔을 때 병실 문을 여니 마침 유노스케가 있었다.

그때는 내가 방해가 되지 않았느냐며 놀렸는데, 유노스케는 유키를 과연 어떻게 생각했던 걸까?

미나미는 유노스케의 마음을 확인한 적이 없다는 사실을 깨달았다.

그때 감독이 마사요시를 부르더니 뭐라고 이야기를 했다. 그 말을 들은 마사요시는 주심에게 뭔가를 전하기 위해 벤치를 뛰어나갔다.

미나미는 깜짝 놀라 감독에게 물었다.

"감독님, 바꾸시려고요?"

하지만 감독은 미나미를 흘끔 보더니 이렇게 말했다.

"안심해. 유노스케를 바꾸려는 게 아니야. 저 녀석이 나보고 자리를 내놓으라고 해도 바꾸지 않겠어."

그리고 이윽고 장내 아나운서 목소리가 흘러나왔다. 1루 주자인 지로를 바꾸는 것이었다. 고의 사구를 얻어 걸어나간 지로 대신에 대주자로 구쓰키 후미아키를 기용했다.

"감독님!"

미나미는 저도 모르게 눈이 휘둥그레져서 감독을 보았다. 가치 감독은 미나미를 보며 '씩' 웃었다.

"두고 봐. 고의 사구로 내보낸 걸 뼈저리게 후회하도록 만들어줄 테니까. 나는 지금 고의 사구는 어떤 경우에도 써먹어서는 안 된다는 이노베이션을 일으키는 거야."

그러더니 벤치에서 나가는 후미아키에게는 뭔가 지시를 하고, 벤치로 돌아온 지로에게는 수고했다고 격려해주었다.

지로는 미나미 옆에 자리를 잡고 앉았다. 미나미는 지로에게 무슨 말을 해야 좋을지 몰랐지만, 어쨌든 말을 건네고 싶었다.

"수고했어."

겨우 나온 말이었다. 그러자 지로는 살짝 놀란 표정으로 미나미를 보더니 바로 그라운드를 바라보며 대꾸했다.

"아직 시합은 끝나지 않았어."

"아, 그래."

두 사람은 다시 잠시 말없이 그라운드를 바라보았다. 이윽고 지로가 툭 내뱉었다.

"너, 돌아왔구나."

"뭐?"

"용케 돌아왔어."

"응……, 아야노가."

"뭐?"

"아야노가 말했어."

"무슨 말을?"

"응……, 그 이야기는 나중에 할게. 하지만 그 이야기를 듣고 난 힘이 빠져서."

"뭐야……? 뭐 어쨌든 돌아와서 다행이야."

이윽고 시합이 재개되었다. 바로 이상한 분위기가 야구장 전체를 감쌌다.

후미아키가 1루에서 2루 쪽으로 크게 리드를 잡기 시작한 것이다. 여느 때와 마찬가지로 한 걸음 한 걸음 마치 보폭을 재기라고 하듯이 성큼성큼 걷기 시작했다.

그러자 스탠드에 자리 잡은 호도고 응원단도 "하나, 둘, 셋!" 하며 입을 모아 걸음 수를 셌다. 스탠드에는 육상부의 고지마 사야카를 비롯해 많은 사람들이 앉아 있었다. 그리고 사야카는 물론 모든 사람들이 목청껏 후미아키의 걸음 수를 셌다.

그뿐만이 아니었다. 도립고등학교인 호도고의 활약상을 전해 듣고 팬이 되어 구경하러 온 일반 관객들도 응원단을 따라 했다. 자연히 그 함성은 엄청나게 커져 야구장 전체를 뒤덮었다.

후미아키의 퍼포먼스가 응원단의 함성에 박차를 가했다. 평소에는 일곱 걸음밖에 리드하지 않았는데, 이날은 여덟 걸음을 나섰던 것이다. "여덟"까지 헤아린 관중들 입에서는 "오오" 하는 함성과 함께 큰 박수가 터져 나왔다.

그 박수가 또 이상한 분위기를 부채질했다. 상대편 투수는 바로 플레이트에서 발을 뺐는데 그게 오히려 자기 발목을 잡는 꼴이 되고 말았다.

일단 1루로 돌아온 후미아키는 투수가 투구 준비를 하자 다시 리드를 하기 시작했다. 또 지축을 뒤흔드는 함성이 울려 퍼졌다. 이번에는 상대팀 감독이 타임을 요청했다.

마운드에 전령을 내보낸 상대팀 감독은 투수가 후미아키에게 신경 쓰지 않게 하려고 1루수에게 아예 베이스에서 떨어져 있으라고 지시했다. 이 상태에서는 2루에 주자가 있기 때문에 도루 염려는 없었지만, 그래도 리드가 크면 유사시에 홈에 파고들 위험이 그만큼 커진다. 그래서 1루수를 베이스에서 떨어져 있게 하기는 부담스러웠지만 아직 1점 차이로 이기고 있는 지금은 투수로 하여금 타자에 집중하도록 하려는 생각이었다. 후미아키가 투수에게 주는 압박감은 그만큼 대단했다.

이윽고 시합이 재개되었다. 상대편 투수가 드디어 제1구를 던졌다.

변화구였다. 유노스케는 힘껏 방망이를 휘둘렀다. 하지만 결과는 헛스윙이었다. 카운트는 원스트라이크.

그 모습을 보면서 미나미는 다소 마음이 놓였다. 압박감에 약한 유노스케가 긴장감 때문에 스윙을 제대로 하지 못하는 게 아닐까 싶어 걱정했던 것이다. 그런 걱정은 기우에 지나지 않았다. 유노스케는 1구부터 스윙을 할 만큼 의욕이 넘쳤다.

이런 상태라면 좋은 결과를 기대해볼 수 있을지도 모르겠네.

미나미가 그런 생각을 하고 있는데, 옆에서 지로가 입을 열었다.

"아아, 안 돼, 저러면."

그러더니 미나미의 얼굴을 바라보며 이렇게 말했다.

"저렇게 크게 휘두르면 때려낼 수 없어. 노리는 공을 좀 더 좁혀야 해."

그 말을 듣고 미나미는 참 순진한 소리를 하고 있다는 생각이 들었다.

지금은 그냥 순순히 저 적극성을 평가해주면 안 되겠어?

그렇게 생각한 순간, 불현듯 가슴에 작은 돌이 툭 닿는 느낌이 들었다. 미나미는 저도 모르게 지로에게 캐물었다.

"지금 뭐라고 했지?"

"응? 뭐?"

지로는 미나미의 기세에 눌려 당황한 표정을 지었다.

"지금 뭐라고 했느냐고."

아.

미나미는 지로가 대답도 하기 전에 깨달았다. 그리고 얼른 눈길을 그라운드로 돌렸다.

그때였다. 날카로운 금속음이 울려 퍼지더니 힘차게 뻗어나간 공이 오른쪽을 향해 라이너성 타구로 날아갔다.

그러자 상대 팀 2루수는 타이밍을 노려 점프해 그 공을 잡으려고 했다. 그렇지만 공은 그 글러브 위를 지나 그대로 우중간을 뚫었다.

유노스케가 공을 친 순간 1루 주자 후미아키는 타구 방향이 아니라 2루 주자 준의 위치를 확인했다.

투아웃 상황이었기 때문에 타구가 날아가면 그 행방은 상관없이 달리기 시작해야 했다. 후미아키가 서두르다 보면 앞선 주자를 추월해버릴 위험성이 있었다. 후미아키의 주력이라면 충분히 그럴 가능성이 있다. 그래서 우선 준의 위치를 확인했던 것이다.

준의 위치를 확인한 후미아키는 마음이 놓였다.

좋았어. 전력 질주해도 되겠다!

후미아키가 쏜살같이 달리기 시작했다. 속도를 단숨에 높이더니 지금까지 수도 없이 연습해왔던 그 베이스러닝에 집중했다.

눈 깜짝할 사이에 2루 베이스를 통과한 그는 그대로 3루를 향해 내달렸다. 3루 코치를 확인하니 그가 팔을 크게 휘두르고 있었다. 하지만 후미아키는 코치의 몸짓보다 그 뒤에 있는 호도고 야구부원들이 눈에 들어왔다. 부원들이 일제히 팔을 크게 돌리고 있었다. 감독이 팔을 돌리고 있었고, 마사요시도 팔을 돌리고 있었다. 지로와 아야노까지 팔을 돌렸다.

후미아키는 속도를 더욱 높여 3루 베이스를 돌아 무서운 속도로 홈을 향해 질주했다.

그리고 앞선 준이 먼저 홈인한 것을 확인한 후미아키는 포수의 움직임을 살피며 어디로 슬라이딩해 들어갈지 재빨리 계산을 했다.

지금까지 여러 차례 연습해왔다. 대주자 역할에 전념하게 된 뒤로 이런 상황이 올 거라는 예상을 하고 빠듯한 타이밍에 홈에 슬라이딩하는 연습을 수도 없이 했다.

그런데 그때였다. 불쑥 발이 엉킨 후미아키는 균형을 잃고 말았다. 그래서 슬라이딩으로 들어가지 못하고 비틀거리며 홈으로 들어갔다.

하지만 그런 후미아키를 가로막는 것은 아무것도 없었다. 공은 아직 내야에 들어오지도 않은 상태였던 것이다.

후미아키는 쓰러지듯 홈인했다. 그것이 도립 호도쿠보 고등학교가 첫 우승을 하여 고시엔 대회 출전권을 따내는 순간이었다.

타자 주자인 유노스케는 2루 베이스에 도착했을 때 후

미아키가 홈에 쓰러지는 그 순간을 목격했다. 그때 유노스케의 머릿속에는 유키가 했던 말이 생각났다.

그 이야기는 지난주에 병문안 면담을 하러 갔을 때 해준 것이었다. 유키는 그걸 누구라고는 이야기하지 않았지만 자기가 야구를 좋아하게 된 계기가 된 잊을 수 없는 장면이라고 했다.

그 말이 타석에 들어서기 직전에 불쑥 머릿속에 떠올랐던 것이다. 그래서 초구는 일부러, 그것도 크게 헛스윙을 했던 것이다. 그건 연기였다.

그리고 2구째를 오른쪽 방향을 노려 쳤다. 유노스케는 그 구종이 무엇이었는지, 코스가 어떠했는지 전혀 기억나지 않았다. 우투좌타인 그는 그저 두 번째 공을 몸 쪽으로 끌어당겨 오른쪽 방향으로 쳐내려고 한 것밖에 생각이 나지 않았다.

뜻한 대로 오른쪽 방향으로 날아간 타구는 2루수 머리 위를 지나 우중간을 완전히 갈랐다.

그 타구가 외야를 굴러가는 사이에 2루 주자 준에 이어 1루 주자 후미아키까지 홈인했다.

시합은 끝났다. 5 대 4 역전승이었다.

그 승리를 확인한 순간 유노스케는 만세를 부르며 그 자리에 무너지듯 무릎을 꿇었다. 그러자 벤치에서 뛰어나온 부원들이 계속 유노스케를 덮쳤다.

후미아키가 홈인하는 것을 미나미는 멍하니 지켜보고 있었다. 그리고 벤치에 있던 부원들이 계속해서 뛰어나가는 모습도 그냥 그렇게 바라만 보고 있었다. 지로도 눈 깜짝할 사이에 뛰어나가 유노스케를 끌어안았다. 그라운드로 뛰어나가지 않은 단 한 명의 선수인 마사요시는 가치 감독을 부둥켜안았다.

그런 모습을 보면서 미나미는 마음이 착잡했다. 자기가 기쁜 건지, 슬픈 건지, 즐거워해도 좋은 건지, 울어야 하는 건지 도무지 알 수 없었다.

그래서 멍하니 그 자리에 있을 수밖에 없었다. 마치 돌처럼 꼼짝도 하지 않고서.

그런 미나미를 아야노가 다가와 껴안았다. 아야노는 훌쩍거리며 미나미에게 이렇게 말했다.

"미나미 선배, 다시 돌아와서 다행이에요!"

그 말을 듣고 미나미는 불쑥 웃음이 치밀어 올랐다. 그랬다. 미나미를 뒤따라온 아야노는 병원을 나와 30분이나 뒤를 쫓아와서야 미나미를 잡았다. 그리고 이렇게 말했다.

"미나미 선배, 도망치면 안 돼요. 도망치면 안 된단 말이에요."

미나미는 어처구니가 없었다. 이런 말을 설마 아야노에게 듣게 되리라고는 생각도 하지 못했다. 예전에 툭하면 도망치던 아야노의 모습이 떠올랐기 때문이다.

하지만 아야노의 말을 듣고는 기운이 빠져 더 이상 도망 칠 힘이 없었다. 그리고 이 야구장까지 끌려오고 만 것이다.

미나미는 치밀어 오르는 웃음을 참을 수가 없었다. 지금 이 순간에 어울리지 않을지는 몰라도 웃기로 했다. 그래 서 굳었던 뺨의 근육은 풀렸지만 목에서 넘어온 것은 흐 느낌이었다.

미나미는 웃으려고 했는데 왠지 울음이 나왔다. 미나미 가 '엉엉' 울기 시작하자 아야노도 따라서 울음을 터뜨렸다.

에필로그

그로부터 일주일 뒤, 호도고 야구부는 고시엔 대회 개회식에 참석하게 되었다. 오른쪽 스탠드 바깥쪽의 넝쿨이 얽힌 외벽 아래 입구에서 다른 출전 학교 선수들과 함께 입장식 행진을 기다리고 있었다.

미나미와 아야노는 바로 옆에서 선수들을 지켜보고 있었다. 그런데 거기에 텔레비전 방송국 취재팀이 와서 입장 직전의 선수들 모습을 취재하기 시작했다. 여성 리포터가 호도고 주장인 니카이 마사요시를 인터뷰하기 시작했다. 마사요시에게 이런저런 질문을 하던 그 여성은 마지막에 이런 질문을 던졌다.

"고시엔 대회에서 어떤 야구를 하고 싶어요?"

미나미는 마사요시가 어떤 대답을 할지 궁금해 흥미롭게 지켜보고 있었다.

특별할 것 없는 대답으로 대충 넘어갈까, 아니면 '고객에게 감동을 준다'는 야구부의 정의를 이야기할까, 아니면 '노번트, 노 볼 작전'으로 대표되는 이노베이션 이야기를 할까.

그러자 마사요시는 잠시 생각한 뒤에 이렇게 대답했다.

"어떤 야구를 보고 싶으신데요?"

마사요시는 여성 리포터에게 그렇게 되물었다.

그러자 "예?" 하며 당황한 표정을 짓는 리포터에게 마사요시가 말을 이었다.

"우리는 여러분이 어떤 야구를 보고 싶은 건지 알고 싶어요. 왜냐하면 여러분이 보고 싶어 하는 야구를 하고 싶기 때문이죠. 우리는 고객으로부터 출발하고 싶습니다. 고객이 가치를 인정하고, 필요로 하며, 추구하는 것으로부터 야구를 시작하고 싶은 겁니다."

마사요시는 그렇게 말하더니 미나미 쪽을 돌아보며 '씩' 웃어 보였다.

작가 후기

피터 드러커의 《매니지먼트》를 아십니까?

《매니지먼트》는 1909년(지금으로부터 100여 년 전!)에 오스트리아에서 태어난 20세기 최고의 지성 가운데 한 명이라는 피터 F. 드러커가 63세 되던 1973년에 쓴 '조직 경영'에 관한 책입니다. 이 책에 의해 '경영학'이 시작되었다고 하고, 그래서 드러커를 '경영학의 아버지'라고 부르기도 합니다.

⋯⋯이렇게 아는 척하면서 쓰기는 했지만 저도 이 책을 알게 된 지는 몇 해 안 됩니다. 2005년에 우연히 알게 된 그 책에 관심이 가서 구입해 읽었습니다.

하지만 한 번 읽고 깜짝 놀랐습니다. 거기에는 그때 제가 그토록 간절하게 원하고 있던 것, 즉 조직이란 무엇인가와 그것을 원활하게 운영하기 위해서는 어떻게 해야 하는가가 알기 쉽게, 그리고 구체적으로 쓰여 있었기 때문입니다.

그뿐만이 아니었습니다. 인간에 대한 깊은 통찰이랄까, 진리라고 하면 너무 거창할지 모르겠지만 인간이란 무엇인지, 사회가 어떤 것인지를 아는 데 있어서 매우 중요한 몇 가지에 대해서도 쓰여 있었습니다.

저는 마음이 흔들렸습니다. 그래서 눈물을 흘리고 말았습니다. 감동한 거였습니다. 그 책에 적혀 있던 한 구절을 읽고 눈물이 멈추지 않았습니다.

그리고 동시에 착잡한 마음도 들었습니다. 그건 그 책에 나오는 '매니저'라는 단어의 중요성을 더욱 또렷하게 인식했기 때문입니다.

전부터 저는 '매니저'라는 단어에 대해 크게 신경 쓰이는 부분이 있었습니다. 그건 일본과 서양에서 그 말이 의미하는 바가 큰 차이를 보였기 때문입니다.

예를 들어 미국 메이저리그에서 '매니저'라고 하면 바로 '감독'을 가리킵니다. 하지만 일본에서는 제일 먼저 떠오르는 것이 '고교야구부의 여학생 매니저'입니다. 이들이 하는 매니지먼트란 '스코어를 기록하거나 뒷정리를 한다'는 식의 허드렛일 같은 뉘앙스마저 풍기고 있습니다. 즉 영어권의 '매니저'와는 책임이나 역할에 있어서 큰 차이가 있습니다. 그 차이가 《매니지먼트》를 읽으면서 점점 더 크게 느껴졌던 것입니다.

바로 그때였습니다. 불현듯 한 가지 아이디어가 뇌리를 스치고 지나갔습니다.

그건 '만약 고교야구 여자 매니저가 드러커의《매니지먼트》를 읽는다면(어떻게 될까?)' 하는 생각이었습니다. 그래서 '고교야구 여자 매니저'가 자기가 하는 일이 '매니저'가 하는 일과 같다고 착각해 책에 적혀 있는 대로 매니지먼트를 하려 들면 어떻게 될까가 궁금했습니다. 그리고 '그런 과정을 통해 야구부가 점점 강해진다면 대체 어떻게 될까?' 그런 생각들을 했던 겁니다.

이 아이디어는 그로부터 4년이 지나 이렇게 '소설'이라는 형태로 결실을 맺게 되었습니다. 그동안 여러 가지 일들이 있었지만 특히 인상적이었던 일 두 가지만 소개합니다.

하나는 이 아이디어를 처음으로 남에게 밝혔던 것은 제 블로그였다는 점입니다. 이 책은 그 블로그를 보신 출판사 편집자분께서 "소설로 써보지 않겠습니까?"라고 제안해주셔서 태어나게 되었습니다.

또 하나는 이 소설에 나오는 등장인물 가운데 몇 명은 'AKB48'이라는 여성 아이돌 그룹의 멤버를 모델로 삼았다는 점입니다. 몇 해 전 저는 그 아이돌 그룹의 프로듀스에 관계하게 되어 가깝게 접할 기회가 있었습니다. 그때 보고 들은 인물이나 에피소드가 이 소설의 캐릭터와 스토리를 만드는 데 큰 영향을 미쳤습니다.

또 이 책은 제가 쓴 첫 작품입니다. 이 책을 통해 실로 많은 분들의 도움을 받았습니다. 그분들에게 감사의 말씀을 드립니다.

먼저 이 책을 만들어보지 않겠느냐고 말씀해주신 다이아몬드사의 가토 사다아키(加藤貞顕) 씨, 또 서적 편집국에 근무하는 분들,《주간 다이아몬드》편집부의 여러분들, 영업국 분들과 그 밖의 많은 분들.

다음에는 교정을 맡아주신 야마다 사치코(山田幸子) 씨, 표지의 캐릭터와 삽화를 그려주신 유키 우사기(ゆきうさぎ) 씨, 표지 배경을 그려주신 주식회사 밤부(バンブ)의 마시키 다카마사(益城貴昌) 씨와 대표인 다케다 유스케(竹田悠介) 씨.

그리고 이 책이 나오게 될 계기를 만들어준 '마나메하우스(まなめはうす)'라는 뉴스 사이트의 운영자인 마나메(まなめ) 씨와 '하테나(はてな)'라고 하는 인터넷 서비스, 그리고 제 블로그 독자 여러분.

그리고 무엇보다《매니지먼트》를 쓴 드러커와 그 책을 일본어로 번역하신 우에다 아쓰오 선생님. 특히 우에다 선생님께서는 제가 이 책을 출판하기로 결정했을 때 제게 평생 잊을 수 없는 따스한 말씀을 주셨습니다. 정말 감사합니다.

마지막으로 이 책을 세 분의 스승님께 바치며 후기를 마무리하고 싶습니다.

한 분은 제게 엔터테인먼트란 무엇인가를 가르쳐주신 작가 겸 방송작가 아키모토 야스시(秋元康) 선생님, 또 한 분은 제게 직업이란 무엇인가를 가르쳐주신 연출가 요시다 마사키(吉田正樹) 선생님, 그리고 마지막 한 분은 제게 인생이란 뭔가를 가르쳐주신 방송작가 요시노 데루유키(吉野晃章) 선생님 세 분께 삼가 이 작품을 바칩니다.

이와사키 나쓰미

만약 고교야구 여자 매니저가
피터 드러커를 읽는다면

1판   1쇄 발행 2011년 5월 1일
1판 56쇄 발행 2020년 7월 27일
2판   7쇄 발행 2024년 10월 13일

발행인 | 임채청
지은이 | 이와사키 나쓰미
옮긴이 | 권일영
일러스트 | 유키 우사기

인쇄 | 중앙문화인쇄사

펴낸곳 | 동아일보사
등록 | 1968.11.9(1-75)
주소 | 서울시 서대문구 충정로 29(03737)
편집 | 02-361-1069

ISBN 979-11-92101-14-9 03830
값 17,000원